© Andreas Eisenhart

Sabine Ludwig wurde 1954 in Berlin geboren. Nach dem Studium der Literaturwissenschaften war sie als Rundfunkredakteurin tätig, bevor sie sich als Autorin und Übersetzerin selbständig machte. 1993 erhielt sie den Bettina-von-Arnim-Preis. In der Fischer Schatzinsel sind von ihr auch ›Bei Tag sind alle Löwen grau‹ (Band 80237), ›Die besten Rabeneltern der Welt‹ (Band 80334), ›Fische haben keinen Po‹ (Band 80356), ›Viermal Pizza Napoli‹ (Band 80384), ›Mops und Molly Mendelssohn‹ (Band 80385), ›Ein Haufen Ärger‹ (Band 80479), ›Immer wieder Frieda‹, ›Für alle Fälle Frieda‹, ›Die große Suppenverschwörung‹, ›Serafina und der große Hexenzauber‹ und ›Serafina und der große Weihnachtswirbel‹ erschienen.

Gesa Denecke studierte an der Freien Hochschule für Gestaltung in Hamburg. Sie arbeitet als freie Grafik Designerin und Illustratorin und hat schon viele Kinderbücher illustriert.

Weihnachten mit lila Lametta. Warum mussten sie auch kurz vor Weihnachten in die Stadt ziehen!, denkt Juli. Gerade jetzt vermisst Juli ihre Oma und ihren Opa und den Duft nach frisch gebackenen Plätzchen. Außerdem hat sie noch nie Weihnachten ohne ihre Großeltern und den schwarzen Kater Felix gefeiert. Doch dann trifft sie im Treppenhaus einen Jungen mit kurzen roten Haaren und Sommersprossen, mit dem sie sich gleich gut versteht. Augustus zeigt Juli die Abkürzung zum Seitenflügel und schenkt ihr eine Wundermuschel. Aber Juli merkt bald, dass Augustus ein Geheimnis hat. Als Juli schließlich erfährt, was ihn bedrückt, ist sie fest entschlossen, zu ihm zu halten.

Unsere Adresse im Internet: www.fischerschatzinsel.de

Sabine Ludwig

Weihnachten mit lila Lametta

Mit Bildern
von Gesa Denecke

Fischer Taschenbuch Verlag

Fischer Schatzinsel
Herausgegeben von Eva Kutter

Veröffentlicht im Fischer Taschenbuch Verlag,
einem Unternehmen der S. Fischer Verlag GmbH,
Frankfurt am Main, November 2004

Die Originalausgabe erschien 1998 unter dem Titel ›Juli und Augustus‹.

Gesamtherstellung: Clausen & Bosse, Leck
Printed in Germany
ISBN 3-596-80539-2

Nach den Regeln der neuen Rechtschreibung

Weihnachten mit lila Lametta

1. Kapitel: Montag

»Heilig's Blechle!«

Julis Vater zieht die Hand aus dem Gänsebauch.

»Jetzt stecken schon drei Äpfel drin, und sie ist immer noch hohl! Gänse habt ihr hier … die reinsten Gerippe!«

Die Mutter hackt einen Rotkohl in zwei Teile.

»Tu noch Brot rein und Nüsse, sind ja genug da.«

Mit lila Fingern öffnet sie die Speisekammer und zieht einen Sack heraus. Walnüsse fallen klappernd auf den Küchentisch.

»Was glaubt deine Mutter eigentlich, wann wir die alle essen sollen, Hans? Wir sind doch keine Eichhörnchen!«

»Sie hat's halt gut gemeint.«

Der Vater zieht eine Schublade auf. »Sag mir lieber, wo du den Nussknacker versteckt hast.«

»Der muss in der Kiste sein, die wir noch nicht ausgepackt haben, warte mal …«

Die Mutter schlitzt mit dem Rotkohlmesser einen Pappkarton auf und wühlt darin herum.

»Wo kommt das denn her?« Sie hält eine Kuh aus Porzellan in die Höhe, die ein Loch auf dem Rücken hat und ein Blechglöckchen um den Hals.

»Unser altes Milchkännle!« Der Vater freut sich.

»Und ich hatte gehofft, dieses scheußliche Ding nicht mehr sehen zu müssen!«

»Oma hat es mir geschenkt!«, sagt Juli. »Und die Mokkatassen auch!«

Die Mutter stellt nacheinander vier Tässchen auf den Tisch. Es sind Berge draufgemalt, Burgen, und auf einer steht ›Gruß von der Schwäbischen Alb‹.

»Alles Staubfänger!«, sagt sie abfällig. »Und wo, bitte, ist der Nussknacker?«

Juli zuckt mit den Schultern. Sie steht am Küchenfenster und lässt ein Jojo auf- und abschnellen. Wenn sie es ganz schnell macht, leuchtet es kurz auf. Jetzt hat sich der Faden verwickelt. Sie dreht sich um und schaut aus dem Fenster. Sehen kann sie nichts, breite Regenrinnsale ziehen über die Scheibe.

»Ich hab gewusst, dass es Weihnachten nicht schneit«, sagt Juli, »in der Stadt schneit es nie!«

»In Küblingen hat es an Weihnachten auch nicht immer Schnee gegeben«, erwidert die Mutter und schaufelt den geschnittenen Kohl in einen Topf.

»Doch!«, sagt Juli, obwohl sie weiß, dass ihre Mutter Recht hat. »Und unser Baum reicht auch nicht an die Decke!«

Die Mutter lacht: »Bei Opa und Oma war das ja auch weiter kein Kunststück!«

Das Haus der Großeltern in dem schwäbischen Dorf war klein, die Decken niedrig, ein »Puppenhaus«, so nannte es Julis Mutter immer, und der Vater musste jedes Mal den Kopf einziehen, um durch die Tür zu kommen. Für Juli war dieses »Puppenhaus« ihr Zuhause gewesen, für Vater und Mutter auch. Drei Stübchen unterm Dach, gekocht und gegessen wurde unten bei Oma.

Juli sieht den großen Tisch mit dem geblümten Wachstuch darauf genau vor sich. Um die Weihnachtszeit lagen dort die Bleche mit den Plätzchen zum Auskühlen. Vor ein paar Tagen hat Oma ein Paket geschickt mit Vanillekipferln, Springerle, Spekulatius und Kokosmakronen. Plätzchen per Post! Sie müssen auf dem langen Weg ihren Geschmack verloren haben, sie sind nicht halb so gut wie daheim.

»Hier ist jetzt unser Zuhause, hier in Berlin«, sagt die Mutter, als ob sie Julis Gedanken erraten hätte, »du wirst dich bestimmt bald eingewöhnen.«

Nie! Nie wird sich Juli ›eingewöhnen‹. Das Mietshaus, in das sie vor kurzem eingezogen sind, hat noch nicht einmal einen Garten, nur einen gepflasterten Hof, ein eingemauertes Rechteck, auf dem die Mülltonnen stehen. Dann gibt es noch eine Teppichklopfstange und ein von bröckeligen Ziegeln abgeteiltes Beet mit einem kümmerlichen Strauch darin. Die weißen Beeren daran sind schon ganz schlaff und knallen nicht mehr, wenn man sie auf dem Boden zertritt.

Wie kann man nur leben ohne Garten hinterm Haus? Im Winter hat sich Juli früher einfach nur die Stiefel vor der Küchentür ausgezogen, und schon saß sie am Tisch vor einem Becher mit heißem Kakao. Im Sommer stand die Tür den ganzen Tag offen, Juli und Kater Felix konnten jederzeit hinaus und hinein. Hinein konnten zum Ärger von Julis Mutter auch noch andere Lebewesen: Spinnen und Ameisen und Ohrenkneifer. Juli hat sich nie gefürchtet, sondern selbst die dickste Spinne vorsichtig in einem Glas gefangen und draußen unter die Johannisbeersträucher gesetzt.

Das Schönste im Garten der Großeltern war der alte Walnussbaum, auf dessen Ästen man so gut sitzen konnte. Von dem stammen auch die Nüsse, auf die Julis Vater gerade mit einem Hammer einschlägt, sodass die Schalen in alle Richtungen fliegen.

»Ostern sind wir ja wieder bei Opa und Oma«, sagt die Mutter und wischt ihre Rotkohlhände an einem Handtuch ab.

Ostern! Heute ist der erste Weihnachtstag, und Juli ist ganz schlecht vor Kummer. Sie fährt mit dem Finger über die beschlagene Scheibe und malt ein Mondgesicht mit tief herabhängenden Mundwinkeln.

»Zünden wir jetzt den Baum an, Mäuschen?«

Juli schüttelt stumm den Kopf. Sie findet den Weihnachtsbaum, auf den ihre Mutter so stolz ist, einfach scheußlich. Er ist über und über mit Strohsternen behängt und hat hässliche gelbe Kerzen. Ihre Mutter hat sich das aus einer Zeitschrift abgeguckt. »Feiern Sie Weihnachten ganz natürlich!«

Juli will kein natürliches Weihnachten, sondern ihr Weihnachten, so wie es immer war. In Küblingen hat sie den Baum immer zusammen mit Oma geschmückt. Schon das Öffnen der Kiste mit dem Weihnachtsschmuck war aufregend. Es roch darin leicht angekokelt. Das waren die Schaukelpferde aus Holz, von denen jedes Jahr eins in Brand geriet. Oder die Nussmännlein, die Oma aus Haselnüssen, Wachskugeln und buntem Filz gebastelt hatte. Es gab Lametta und buntschillernde Kugeln, von Juli geflochtene Körbchen, die mit Süßigkeiten gefüllt wurden, und Heerscharen von Weihnachtsengeln aus Goldpapier; der erste war noch mit Omas Hilfe entstanden, als Juli drei war. Dieses Jahr hat sie zum ersten Mal keinen Engel gebastelt. Juli seufzt laut.

»Im Fernsehen läuft ein Märchenfilm!«

»Märchenfilme sind blöd!«

»Aber ich denke, du magst Märchen … wo ist bloß der Essig?«

Ihre Mutter versteht gar nichts. Gerade weil Juli Märchen mag, kann sie Märchenfilme nicht leiden.

Gestern hat sie sich Rotkäppchen angeguckt. Man sah nicht nur genau, dass der Wolf gar kein richtiger Wolf war, da tauchten auch noch ein Fuchs und ein Bär auf, die in dem Märchen überhaupt nichts zu suchen hatten. Ohne die wäre der Film wahrscheinlich zu kurz geworden. Keine zehn Minuten dauert die Geschichte vom Rotkäppchen, auch wenn Opa sich beim Vorlesen immer viel Zeit genommen hat. Juli mag Aschenputtel am liebsten und Schneewittchen, weil die Geschichten länger sind.

Es zischt und stinkt.

»O nein! Jetzt ist der Rotkohl angebrannt! Dabei hab ich doch auf eins gestellt.«

Julis Mutter schüttet Wasser in den Topf.

»Du wolltest doch immer einen Elektroherd«, sagt der Vater und stopft der Gans noch einen Apfel in den Bauch, »dabei ist Gas viel praktischer.«

»… und gefährlicher!«

»Wenn man den Kopf in die Bratröhre steckt, vielleicht.«

»Steck du endlich die Gans rein, die braucht mindestens drei Stunden.«

»Die doch nicht.« Der Vater zupft an der pickeligen Gänsehaut. »Die besteht doch nur aus Haut und Knochen. Wenn i da an unsere Küblinger Gäns denk …«

»Die vom letzten Jahr war so fett, dass sie mir zwei Tage im Magen lag!«

»Hört auf!«, ruft Juli. »Hört auf zu streiten!«

»Aber wir streiten doch nicht. Streiten wir etwa, Hans?«

»Nie und nimmer.«

»Na siehst du, Mäuschen. Und wenn dein Vater mit der Gans endlich fertig ist, macht er bestimmt auch noch den Flurspiegel an, nicht wahr?«

»Morge, wenn i no leb.«

»Hans! Das sagst du jetzt seit drei Tagen!«

»Ich kann doch heut am Feiertag nicht die Bohrmaschine anmachen!«

»Geht doch ruck, zuck. Außerdem wohnt über uns keiner, und die unter uns scheinen verreist zu sein.«

»Wann gibt's denn was zu essen?«, mault Juli.

»Das dauert bestimmt noch eine Ewigkeit …« Die Mutter wirft dem Vater einen vorwurfsvollen Blick zu. »Aber mir fällt da was ein.«

Sie stellt einen Teller mit gemalten Rosen auf den Tisch und legt etwas von Omas Gebäck darauf.

»Nimm den Teller hier und geh im Haus herum. Klingele bei den Nachbarn, stell dich vor und biete jedem ein Plätzchen an.«

»Ich kenn die Leute doch gar nicht!«

»Eben drum, vielleicht gibt's ja Kinder in deinem Alter.«

Juli will keine Kinder in ihrem Alter, sie will zurück zu Opa und Oma. Hilfe suchend sieht sie ihren Vater an, aber der fädelt gerade einen Zwirnsfaden ein, um endlich den Gänsebauch zuzunähen.

»Mach mal, Mädle«, murmelt er, den Faden zwischen den Lippen.

Juli nimmt schnell den Teller vom Tisch, denn die Mutter runzelt die Stirn und bekommt diesen Mach-es-mir-doch-nicht-so-schwer-Blick.

Mit dem Plätzchenteller steht Juli dann im dunklen Treppenhaus. Lieber würde sie sterben, als bei fremden Leuten zu klingeln. Sie knipst das Licht an und geht langsam eine Treppe höher zum Absatz vor dem Dachboden. Da stehen Töpfe mit verwelkten Geranien und ein Blumenkasten mit Hyazinthen- und Tulpenzwiebeln darin. Juli kennt sich gut aus mit Pflanzen. Sie kauert sich davor und liest grüne Läuse von den Blattspitzen.

»Ich werde Marienkäfer fangen und in den Kasten setzen, die können dann die Läuse fressen«, überlegt sie laut. Aber gibt es in der Stadt überhaupt Marienkäfer?

»He, lass unsere Blumen in Ruhe!«, ertönt da plötzlich eine Stimme hinter ihr. Juli fährt herum und sieht einen Jungen mit roten Haaren, Sommersprossen und einer Gießkanne in der Hand. Wo ist der bloß hergekommen? Jedenfalls nicht die Treppe rauf!

»Ich wollte doch nur ...«, stottert sie, »... es ist alles voller Läuse ...«

Der Junge schiebt sie unsanft beiseite und gießt die Geranien, Tulpenzwiebeln und Hyazinthen.

»Das darfst du nicht!«, ruft Juli. »Im Winter brauchen sie nur wenig Wasser, sonst verschimmeln die Wurzeln.«

»Meine Mutter hat aber gesagt ...«, beginnt der Junge, dann guckt er Juli prüfend an: »Was machst'n du überhaupt hier? Ich hab dich noch nie gesehen.«

Juli steht auf und klopft sich die Hose ab. »Ich bin erst vor ein paar Tagen eingezogen, da unten.« Sie zeigt mit dem Finger eine Treppe tiefer.

»Ach so ... na dann ...«, der Junge bohrt in der Nase. »Wir wohnen drüben im andern Seitenflügel, aber da steht schon alles voll mit Töpfen von der alten Kalckstein.«

Sein Blick fällt auf den Teller mit den Plätzchen. »Wollteste damit die Läuse füttern?«

Und ehe Juli etwas sagen kann, hat er schon einen Lebkuchen mit Schokoladenguss gegriffen und beißt hinein.

»Himmel, Arsch und Zwirn, die sind aber gut!«, sagt er und nimmt Juli den Teller aus der Hand. Dann setzt er sich breitbeinig auf die oberste Treppenstufe.

»Wo haste denn die her?«, fragt er kauend.

»Die hat meine Oma gebacken!«, sagt Juli stolz und hockt sich neben den Jungen. Der hält ihr einladend den Teller hin, und Juli nimmt sich ein Springerle. Es ist eines mit einem Herzen darauf. Es gibt noch welche mit Fischen, Blumen und Rehböcken. Aber die mit den Herzen sind immer ein ganz klein wenig süßer als die anderen.

Der fremde Junge würde das sicher nicht verstehen.

»Praktisch, so 'ne Oma«, sagt er kauend, »meine Mutter holt die Plätzchen im Supermarkt, kriegt sie billiger, weil sie da arbeitet, aber toll sind die nich.«

Juli lässt das Springerle im Mund zergehen, erst ist es nur hart, dann wird es langsam weich und schmeckt nach Anis. Und dann muss sie weinen.

»Warum heulst'n du jetzt?«

»Meine Oma ...«, schnieft sie.

»Was is'n mit der?«

»Sie ist so weit weg!«

Der Junge nimmt das letzte Plätzchen, eine Pfeffernuss. »Na, so weit weg wie meine kann se gar nich sein.« Er schiebt die Pfeffernuss im Mund hin und her. Mal wird die eine Backe dick, mal die andere. Das sieht komisch aus.

Juli wischt sich mit dem Ärmel über die Augen. »Wo ist sie denn, in Amerika?«

Amerika ist sehr weit weg, Grönland auch, aber von einer Oma in Grönland hat Juli noch nie gehört.

»Nee, nich in Amerika, unter der Erde isse!«, sagt der Junge und stippt mit dem Finger die Plätzchenkrümel vom Teller.

»So is das mit den alten Leuten, irgendwann sterben se eben, auch deine Oma.«

Julis Lippe zittert, bloß nicht wieder weinen.

Der Junge gibt Juli den Teller zurück. »Na, vielleicht wird sie auch hundert, so wie die alte Kalckstein.«

»Meine Oma ist 65«, sagt Juli.

»Denn hat se ja noch massig Zeit.«

Juli schweigt, der fremde Junge auch. Es ist kalt im Treppenhaus. Juli schaut auf den leeren Teller.

»Meine Mutter hat gesagt, ich soll den Leuten im Haus Plätzchen bringen«, sagt Juli nach einer Weile.

»Haste doch. Ich wohn schließlich auch hier.«

»Aber wenn sie mich fragt, bei wem ich überall war?«

Der Junge steht auf. »Komm mit, ick hab 'ne Idee.«

Er öffnet die Tür zum Boden. Stockduster ist es da und staubig. »Musst keine Angst haben, is bloß mein Geheimweg.«

Juli folgt ihm ins Dunkel. Spinnweben verfangen sich in ihrem Haar. Sie gehen einmal um die Ecke, ein Stück geradeaus, wieder um die Ecke, dann quietscht eine Tür, und sie stehen in einem Treppenhaus, das genauso aussieht wie das, aus dem sie kommen. Nur stehen hier vor dem Bodenfenster große Kübel mit Pflanzen. Juli erkennt einen Rosenstock und einen Oleander mit langen, schmalen Blättern.

»Wir wohnen eins tiefer, hier oben gibt's nur die alte Kalckstein.«

Der Junge klingelt an einer Wohnungstür.

Die Frau, die öffnet, sieht aus wie ihr Name: steinalt. Ihr Gesicht erinnert Juli an Omas Bratäpfel.

»Guten Tag, mein Junge!«, sagt sie, dann blickt sie Juli mit eigentümlich hellen Augen an. »Du hast einen Freund mitgebracht, wie nett!« Sie reicht Juli die Hand. »Ich bin Frau von Kalckstein, und wer bist du?«

»Ich heiße Juli, Juli Häberer.«

»Juli und August! Was für ein hübscher Zufall. Nun kommt schon rein.«

Juli zögert, was meint die Alte? Da zischt ihr der

Junge zu: »Ich heiße Augustus, kann ooch nüscht dafür.«

Juli kichert leise. Die alte Frau hat inzwischen die Tür zu einem Zimmer geöffnet, aus dem leises Klingeln ertönt.

Am Fenster steht eine hohe Weihnachtspyramide mit brennenden Kerzen auf jedem Stockwerk. An ihrer Spitze dreht sich langsam ein Propeller, und an einem seiner Flügel hängt ein Wachsengel mit einem Glöckchen in der Hand.

»Schön, nicht wahr? Die Pyramide ist fast hundert Jahre alt«, sagt Frau von Kalckstein, und als sie Julis Gesicht sieht, lacht sie: »Ganz so alt bin ich nicht.«

Juli geht ganz nah an die Pyramide heran. Da gibt es in der ersten Etage einen Stall mit Krippe und dem Jesuskind, Josef und Maria, Ochs und Esel, alles aus bemaltem Holz. Darüber eine Musikkapelle mit Engeln, die geigen, flöten und die Pauke schlagen. Vor der Orgel sitzt ein Engel mit nacktem Po unter dem kurzen Hemdchen.

»Und das sind die Kurrende-Sänger«, sagt die alte Frau und zeigt auf schwarz gekleidete Holzfigürchen mit geschlossenen Augen und offenem Mund, die sich im dritten Stock im Kreis drehen.

Aber am allerschönsten ist ein daumenlanger Engel, der in der einen Hand einen Weihnachtsbaum mit Kerzen, in der anderen einen Korb mit Spielzeug trägt, Äpfel, Häuser, eine Puppe. Alles nicht größer als ein halber Fingernagel.

»Möchtest du ihn haben, Juli? Ich schenke ihn dir.«

Juli hält den Engel vorsichtig zwischen zwei Fingern. »Der ist bestimmt sehr wertvoll.«

»Und wenn, wie heißt es doch: ›das letzte Hemd hat keine Taschen‹«, sagt die alte Frau und lacht wieder.

»Was für ein Hemd?«, will Juli wissen.

Die alte Frau lacht nicht mehr, sie streicht Juli über den Kopf. »Wie heißt du denn richtig? Julius?«

»Juliane«, sagt Juli.

»Na, so was! Und ich dachte, du wärst ein Junge – mit den kurzen Haaren.«

»Sieht man doch gleich, dass das 'n Mädchen ist«, meint Augustus.

Juli macht nur: »Pöh!«

Eine Standuhr schlägt fünfmal.

Augustus geht zur Wohnungstür: »Ich muss jetzt wieder runter, wenn du willst, bring ich dich vorher noch rüber.«

»Warte, mein Junge, für dich hab ich noch was.« Frau von Kalckstein überreicht ihm ein flaches Päckchen.

Augustus reißt das Einwickelpapier auf und hält ein Buch in der Hand.

»Die Abenteuer des Tom Sa ... Tom Sawi ... er?«, buchstabiert er.

»Das ist ein amerikanischer Name, den spricht man ›Sohrja‹ aus.«

»Is das 'n Krimi oder was?« Augustus blättert in dem Buch.

»So könnte man es nennen«, sagt Frau von Kalckstein lächelnd.

»Gibt's Tote?«

»Auch das, aber vor allem ist es eine Geschichte von Freundschaft und Liebe.«

Augustus steckt das Buch in die Jackentasche.

»Danke«, sagt er nicht sehr begeistert.

Dann öffnet er die Tür.

»Kommt mich mal wieder besuchen!«, ruft Frau von Kalckstein ihnen nach.

Vor Julis Wohnung angekommen scharrt Augustus verlegen mit dem Fuß.

»Stimmt übrigens nicht«, sagt er.

»Was?«

»Na ja, ick hab zuerst auch gedacht, du bist ein Junge, aber is nich so schlimm, dass du keiner bist. Wenn du willst, komm ich mal und guck deine Geschenke an, oder haste nur Puppen gekriegt?«

Juli schüttelt heftig den Kopf.

»Na dann ... bis morgen!«, ruft Augustus und saust die Treppe hoch. Juli hört noch, wie die Bodentür ins Schloss fällt, dann klingelt sie.

»Na, Mäuschen, was hast du erlebt?«, fragt die Mutter.

»Guck mal, den hab ich geschenkt gekriegt.« Juli hält ihr den Engel unter die Nase.

»Der ist ja wunderschön, aber wo hast du unsern guten Teller gelassen?«

Daran hat Juli überhaupt nicht mehr gedacht.

»Der ist bestimmt noch bei der alten Frau«, sagt sie.

»Macht ja nichts, komm schnell rein, es zieht.«

Aus der Küche duftet es nach Gänsebraten.

• ♥ •

Beißender Geruch schlägt Augustus entgegen, als er die Wohnungstür aufschließt.

»Verdammt! Schon wieder die Schnuller!«

Er stürzt in die Küche und stößt mit dem Ellenbogen einen Topf von der Herdplatte. Dann dreht er den Schalter herum. Auf dem schwarzen Topfboden kleben halbgeschmolzene Schnuller fest.

Augustus reibt sich den Ellenbogen, reißt einen Topflappen vom Haken und stellt den Topf in die Spüle. Es zischt, als er ihn mit Wasser füllt.

Er holt eine Flasche Apfelsaft aus dem Kühlschrank und nimmt einen großen Schluck. Dann geht er ins Wohnzimmer. Auf dem Sofa liegt das Baby, zusammengerollt wie eine Katze. Daneben sitzt seine Mutter. Ihr Kopf ist zur Seite gesunken, sie schläft.

Augustus nimmt eine Decke vom Boden und legt sie über seine Schwester. Dann rüttelt er am Arm der Mutter.

»Mutsch! Aufwachen! Wach bitte auf!«

Die Mutter grunzt, dann fährt sie plötzlich hoch.

»Was ist denn?«

»Nichts Besonderes«, sagt Augustus, »die Schnuller sind nur wieder verbrannt. Den Topf können wir wegschmeißen.«

»Ich dachte, ich hätte den Herd abgestellt …« Die Mutter fasst sich an die Stirn. »Wo warst du denn?«

»Kurz Blumen gießen, weißt du nicht mehr?«

»Doch, doch … natürlich. Wie spät ist es?«

»Halb sechs. Lina wacht bestimmt gleich auf.«

Die Mutter streichelt die Wange des Babys. »Ich muss uns was zum Abendbrot machen.«

Sie geht in die Küche, Augustus folgt ihr.

»Meine Güte, wie das stinkt!«

Sie reißt für einen Moment das Fenster auf und atmet tief ein.

»Ich brauch erst mal einen Kaffee.«

»Und was gibt's zu essen?« Augustus verschränkt die Arme über der Brust.

Die Mutter öffnet den Kühlschrank.

»Ein Rest Nudeln ist noch da, ein bisschen Schinken und Eier, ich könnte dir …« Sie nimmt den Eierkarton heraus, er ist leer.

»Milch ist auch alle«, sagt Augustus, »soll ich nach oben gehn zur alten Kalckstein und fragen, ob sie noch welche für uns hat?«

»Nein!«, sagt die Mutter schnell und schließt das

Fenster. »Was soll die denn von mir denken? Ist auch nicht nötig. Für Lina ist noch genug von dem Fertigzeug da. Und wir beide bestellen uns jetzt 'ne Pizza. Du darfst sie dir aussuchen. Was möchtest du?«

»Is mir egal, nur keine Salami«, erwidert Augustus lustlos.

Die Mutter geht in den Flur zum Telefon, im Wohnzimmer beginnt das Baby zu quaken. Augustus holt seine Schwester in die Küche und setzt sie in den Kinderstuhl, aufgeregt fuchtelt Lina mit den Händen.

»Machst du ihr schon mal die Flasche?«, ruft die Mutter aus dem Flur. »Bei Pizza-Paul ist immer besetzt.«

Augustus stellt den Wasserkessel auf den Herd und öffnet eine Dose mit Milchpulver. Er muss an das Mädchen denken, an Juli.

Mit der Milchflasche in der Hand geht er ans Küchenfenster, wischt über die Scheibe und schaut zu den Fenstern gegenüber. Im dritten Stock ist alles dunkel. Da wohnen Böttchers, die sind verreist. Zum Wintersport. Augustus hat gesehen, wie sie Skier auf ihr Auto geladen haben.

Augustus kann sich nicht erinnern, wann es in Berlin das letzte Mal geschneit hat. Eine richtige Schneeballschlacht, das wäre nicht schlecht. Ob Juli Spaß daran hätte?

Da oben, im vierten Stock muss sie wohnen. In einem der Fenster glaubt Augustus das Flackern von Kerzen zu sehen. Das ist bestimmt ihr Weihnachtsbaum.

»Ist die Flasche fertig?« Die Mutter nimmt sie ihm aus der Hand. »Hab die Pizza bestellt. Für dich mit Thunfisch und viel Peperoni, recht so?«

»Warum haben wir dies Jahr keinen Weihnachtsbaum?«, fragt Augustus.

»Doch nicht jetzt, wo Lina krabbelt, das ist viel zu gefährlich.«

»Wir hätten einen im Topf kaufen und auf die Kommode stellen können, so einen ganz kleinen.«

Augustus' Mutter wischt Lina Milch von der Backe.

»Ich wusste gar nicht, dass dir das so wichtig ist.«

Augustus zuckt mit den Schultern. »Is es auch nich, war nur so 'ne Idee.«

Es klingelt. Der Pizzabote steht vor der Tür. Er drückt Augustus zwei Pappkartons und eine Flasche in die Hand.

»Macht 18 Euro fuffzig«, sagt er.

Augustus nimmt das Portemonnaie, das auf dem Schränkchen neben dem Telefon liegt, und zieht zwei Scheine heraus. Der Pizzabote steckt sie ein und will gehen. Augustus streckt fordernd die Hand aus.

»Mannoman, wohnen drei Treppen hoch und geben nich mal die paar Groschen Trinkgeld.« Er drückt Augustus das Wechselgeld in die Hand, der steckt es zurück in das Portemonnaie.

Augustus legt die Pizzakartons auf den Küchentisch. Betont langsam stellt er die Flasche Wein daneben.

»Das ist ein Irrtum, die hab ich nicht bestellt!«, sagt seine Mutter. »Aber zurückgeben kann man sie wohl nicht mehr.«

Augustus nickt und schaut zu Boden, um nicht sehen zu müssen, wie seine Mutter rot wird.

2. *Kapitel:* **Dienstag**

Es regnet nun schon seit Heiligabend, und so ein Stadtregen ist etwas sehr Trauriges. Unaufhörlich fällt graues Wasser aus einem grauen Himmel auf eine graue Stadt.

Auf dem Land, bei Opa und Oma, da war jeder Regen anders. Da gab es den mit den dicken Tropfen, auf den fast immer ein Gewitter folgte, und den wilden, der einem das Wasser mal von vorn ins Gesicht peitschte, mal von hinten in den Kragen goss. Und es gab Julis Lieblingsregen: den feinen Niesel, der wie ein feuchter Schleier war und alles mit winzigen Tröpfchen bedeckte: Gräser, Blumen, Blätter und Julis Haare. Sie sah dann aus, als ob sie eines von Omas Haarnetzen über den Kopf gezogen hätte.

Juli öffnet das Fenster in ihrem Zimmer und hält die Hand hinaus, kalt und nass zieht sie sie wieder zurück. Sie schaut hinunter in den Hof, da lehnen schon zwei Weihnachtsbäume an den Mülltonnen. An dem einen hängt noch Lametta, Nadeln hat er keine mehr. Dabei ist heute erst der zweite Weihnachtsfeiertag. Ihr Weihnachten-ganz-natürlich-Baum rieselt auch schon, jeden Tag fegt Julis Mutter Nadelhäufchen zusammen und schüttet sie in einen Aschenbecher. Juli darf die Nadeln anzünden, das knackt und knistert und riecht ganz wunderbar.

»Dein Baum taugt nix«, sagt der Vater dann jedes Mal zur Mutter.

»Von wegen! Ist echte Nordmanntanne! Das kommt nur von der Heizungsluft, dass der so schnell trocken wird.«

»Und ich hab jeden Morgen 'nen kratzigen Hals!«

»Möchtest du etwa wieder Kohlen schleppen wie in Küblingen?«, ereifert sich die Mutter, »und jeden Tag die Asche raustragen?«

»Natürlich nicht, aber billiger war's schon und gesünder.«

»Außerdem konnten wir im Kachelofen Bratäpfel machen!«, wirft Juli ein.

Aber sie muss auch daran denken, wie klamm ihr Bettzeug im Winter war. Oma legte ihr vor dem Schlafengehen zwar immer das kupferne Wärmeei unter die Decke, aber es kostete Juli doch Überwindung, sich am Abend auszuziehen und ins Bett zu legen. Das behält sie lieber für sich. Die Mutter soll bloß nicht denken, dass ihr irgendetwas an dem neuen Zuhause gefällt. Auch nicht das türkisgrün gekachelte Badezimmer. Obwohl Juli jetzt in der Wanne so viel spritzen kann, wie sie will.

Sie beugt sich weit aus dem Fenster. Ihr wird ganz schwindlig dabei. Wenn man hier runterfiele!

Sie kann auf den Balkon der Wohnung unter ihr schauen. Da stehen ein rostfleckiger Kühlschrank und mehrere Bierkästen.

Die meisten Leute scheinen ihren Balkon als Abstellplatz für Gerümpel zu nutzen. Auf einem entdeckt Juli sogar ein kaputtes Sofa.

Juli wird den schönsten Balkon im ganzen Haus haben, so viel steht fest. Zuerst Osterglocken und Tulpen und Tausendschönchen, später dann Rosen, Rosen, Rosen. Opa hat ihr Stecklinge versprochen von der gelben, die so wunderbar duftet.

Ach, Opa und seine Rosen! Jeden Morgen vor dem Frühstück hat er für Juli eine geschnitten und sie ihr auf den Küchentisch gestellt.

Juli rinnt etwas Feuchtes über die Wange. Regentropfen? Nicht nur.

Sie will gerade das Fenster schließen, da sieht sie einen winkenden Arm im dritten Stock gegenüber. Der rothaarige Junge von gestern steht am offenen Fenster und ruft ihr zu: »Ich … heute … nicht …«

Juli schreit zurück: »Was is los?«

Aber Augustus zuckt nur bedauernd die Achseln und macht das Fenster zu.

Heißt das, dass er sie heute nicht besuchen kommt? Er wollte doch ihre Geschenke ansehen. Juli ist enttäuscht, sie hätte ihm gern ihre neuen Schlittschuhe gezeigt. Es sind Schlittschuhe für Jungs, schwarz und rot, nicht so mädchenhafte, weiße. Ganz in der Nähe soll es eine Eisbahn geben, vielleicht wären sie gemeinsam dort hingegangen. Juli kann gut Schlittschuh laufen. Das hat Opa ihr beigebracht, ihr und ihrer Mutter, dem »Stadtkind«, wie Opa immer sagte. Juli hat dann jedes Mal gelacht, denn das Kind war ja schließlich sie.

Zu gern würde sie Augustus vorführen, was sie kann, rückwärts laufen zum Beispiel, das ist viel schwerer, als es aussieht.

Sie starrt hinüber zu den Fenstern im dritten Stock. An einem wird jetzt ein Vorhang zugezogen. Nanu? Mitten am Tag?

»Juliane, wir wollen jetzt los. Ziehst du dich bitte an.« Julis Mutter steckt ihren Kopf durch die Tür.

»Wo gehen wir denn hin?«, fragt Juli.

»In die Nationalgalerie …«

»Hab keine Lust«, sagt Juli. Bilder angucken findet sie langweilig. Ihr Vater anscheinend auch.

»Bestimmt wieder so ’n Geschmier, wo mer nix drauf erkennt«, brummt er und verschwindet mit der Zeitung auf dem Klo.

»Ihr seid mir zwei Kulturbanausen!« Die Mutter lacht und hält Juli die Jacke hin.

»Ich kann nicht mit!«, sagt Juli schnell. »Ich besuch nämlich den Jungen von gegenüber.«

»Davon hast du mir ja gar nichts erzählt, Juli. Wie alt ist er denn, ist er nett?«

Juli nickt. Die Mutter gibt ihr einen liebevollen Nasenstüber. »Na, dann geh mal rüber, aber setz die Kapuze auf bei dem Regen.«

Sie klopft an die Klotür. »Bitte keine stundenlange Sitzung, Hans, ich warte!«

Ein dumpfes »nur net hudle!« kommt zurück.

Das kennt Juli. Immer wenn ihr Vater irgendwohin mitgehen soll, ins Kino oder zum Elternabend, muss er ›nur mal schnell aufs Klo‹, und die Mutter steht davor und drängelt. Das Ende dieses Spiels wartet Juli lieber nicht ab, sie ruft noch »tschüss« und saust die Treppe runter. Die Abkürzung über den Boden mag sie nicht nehmen, das ist ihr allein zu gruselig.

Unten auf dem Hof läuft sie einem Mann in die Arme. Sie will ihm ausweichen, aber er hält sie am Jackenärmel fest.

»Imma langsam mit die jungen Pferde«, sagt er

grinsend und zeigt ein gelbes Gebiss. »Wo soll's denn hinjehn?«

Statt eine Antwort zu geben reißt Juli sich los und läuft quer über den Hof in den Seitenflügel des Hauses und die Treppen hoch. Es riecht nach gebratenen Zwiebeln und aufgewärmtem Kohl. Juli bekommt Seitenstechen. Im dritten Stock bleibt sie stehen. Hier gibt es zwei Wohnungen. Wohnt Augustus rechts oder links?

Juli klingelt an einer Tür, die mit einem Buchsbaumkranz geschmückt ist.

Eine junge Frau öffnet. »Ja, bitte?«, sagt sie freundlich.

»Ich möchte zu Augustus«, stößt Juli hervor. Ob das wohl seine Mutter ist? Sie sieht richtig hübsch aus.

Die junge Frau lächelt und zeigt auf die gegenüberliegende Tür. »Der wohnt da drüben, bist du seine Freundin?«

Juli wird rot und schüttelt heftig den Kopf.

»Nichts für ungut.« Die Frau schließt die Tür.

Freundin! Wer sagt denn, dass Augustus überhaupt mit ihr befreundet sein will, er ist schließlich älter als sie, vielleicht ist Juli ihm viel zu klein. Vielleicht ist er deshalb heute nicht zu ihr gekommen. Ein wenig zaghaft drückt sie auf die Klingel unter dem Namensschild »Lehmann«. Lange Zeit passiert nichts, dann öffnet sich die Tür einen kleinen Spalt. Juli sieht eine sommersprossige Nase. »Ich bin's, Juli!«, ruft sie.

Die Tür geht ganz auf, und Augustus steht da und macht ein mürrisches Gesicht. »Hab doch gesagt, dass ich nicht kann«, knurrt er.

Juli will gleich wieder kehrtmachen, aber Augustus winkt sie rein.

»Meinetwegen, komm«, sagt er und führt sie in ein Zimmer, das wohl das Wohnzimmer ist. Auf dem Tisch steht ein Teller mit zermatschter Banane, daneben eine halb heruntergebrannte Kerze auf einem Tannenzweig. Wäsche liegt zum Trocknen über dem Sofa und in einem Laufstall sitzt ein Baby und plärrt.

Augustus hebt es heraus und wischt ihm mit dem Handrücken die Rotznase ab. »Das ist Lina, meine Schwester, ich muss auf sie aufpassen«, sagt er.

Juli ist erleichtert. »Ach so, deshalb … Sind deine Eltern nicht da?«

Augustus schnüffelt an Linas Hinterteil. »Himmel, Arsch und Zwirn! Schon wieder voll.« Er legt Lina auf den Boden, zieht sie aus, wischt ihr den Po ab und wechselt schnell und geschickt die Windel.

Juli dachte immer, Babys würden gut riechen, nach Puder und Nivea-Creme, aber dieses hier stinkt – und zwar gewaltig.

»Wo ist deine Mutter?«, fragt sie noch einmal.

»Die schläft … fühlt sich nicht gut …«, murmelt Augustus.

Juli setzt sich neben ihn auf die Erde. »Ich habe tolle Schlittschuhe zu Weihnachten bekommen, wenn du willst, laufen wir mal zusammen.«

»Kann ick nich«, sagt Augustus. Da geht die Tür

auf, und eine Frau mit wirren Haaren, nur mit einem langen T-Shirt bekleidet, kommt ins Zimmer.

»Was'n hier los?« Sie kneift die Augen zu, als ob sie geblendet würde.

Hastig springt Augustus auf. »Das ist Juli, Mutsch, sie wohnt gegenüber!«

Die Frau mustert Juli mit gerunzelter Stirn. »Seid leise, ja? Ich brauch meine Ruhe.« Ein wenig schwankend geht sie wieder hinaus.

Juli sieht Augustus fragend an. »Hab doch gesagt, dass sie sich nicht fühlt«, sagt er schroff. Er hebt Lina hoch und trägt sie in die Küche.

Die Küche sieht genauso unaufgeräumt aus wie das Wohnzimmer. Neben dem Mülleimer stehen leere Flaschen.

Augustus folgt Julis Blick. »Wir hatten gestern Besuch.«

Er nimmt ein Glas Babybrei aus dem Kühlschrank, setzt einen Topf mit Wasser auf den Herd und stellt das Glas hinein. »Ich füttere Lina jetzt, und danach muss sie schlafen«, sagt er und rührt in dem Glas herum.

Juli zupft unschlüssig an ihren Haaren. »Na, dann geh ich wohl lieber …«

Augustus sagt nichts und sieht sie nicht an. Als Juli schon halb aus der Wohnungstür ist, ruft er ihr nach:

»Wir treffen uns morgen um drei ... bei den Blumen!«

Juli versteht nun gar nichts mehr. Was ist mit dem Jungen bloß los? Gestern war er noch richtig nett und heute so ... so komisch, ganz fremd, aber warum hat er sich dann mit ihr verabredet? Langsam geht Juli die Treppe hinunter.

Da kommt ihr Frau von Kalckstein entgegen. »Guten Tag, Juli. Du wolltest sicher zu mir, deinen Teller abholen?«

»Nein, das heißt – doch, aber eigentlich war ich bei Augustus.«

»Das ist schön von dir, mein Kind, der arme Junge hat's nicht leicht«, sagt die alte Frau.

»Komm mit hoch zu mir, ich koche uns einen Kakao.«

Als Juli bei Frau von Kalckstein im Wohnzimmer sitzt und Kakao trinkt, fragt sie: »Warum ist Augustus denn ein armer Junge?« Frau von Kalckstein zündet mit einem langen Streichholz die Kerzen der Pyramide an. Dann setzt sie sich Juli gegenüber, nimmt ihre Hand und hält sie fest. Die Hand der alten Frau ist genauso faltig wie ihr Gesicht und übersät mit braunen Flecken, aber sie fühlt sich warm an und weich.

»Es ist für einen Jungen nicht leicht, wenn er keinen Vater mehr hat«, sagt sie.

»Ist er tot?«, stößt Juli hervor.

»Das nicht, aber keiner weiß, wo er steckt.« Frau von Kalckstein seufzt. »Vielleicht ist das auch besser so. Man kriegt ja einiges mit. Streit und Türenschlagen, und andere Schläge gab's wohl auch ...« Sie zuckt mit den Schultern.

»Er war jedenfalls nicht sehr nett zu seiner Familie. Als dann die kleine Lina geboren wurde, da ist Augustus' Vater einfach auf und davon. Und nun ist seine Frau ganz allein mit dem Jungen und dem Baby, und Geld verdienen muss sie auch ...«

»Ich hab sie grad gesehen«, sagt Juli, »und sie war so ... irgendwie komisch.«

»Komisch? Sicher war sie müde und überarbeitet, kein Wunder. Sitzt den ganzen Tag im Supermarkt an der Kasse. Dabei könnte sie sich das Leben wirklich leichter machen. Wie oft hab ich zu ihr gesagt: ›Frau Lehmann, warum gehen Sie nicht zum Sozialamt, das ist schließlich heute keine Schande mehr‹, und weißt du, was sie geantwortet hat?«

Juli schüttelt den Kopf.

»›Ich geh doch nicht betteln!‹ Manchen Leuten ist eben nicht zu helfen. Aber sie freut sich bestimmt, wenn ihr Freunde werdet, Augustus und du, wo ihr doch so gut zusammenpasst – ›Juli und August‹ – die warmen Sonnenmonate ...«

»Und das im kalten Dezember!«

»Der nächste Sommer kommt bestimmt«, sagt die alte Frau und lacht.

Juli weiß nicht, ob sie lachen oder weinen soll, sie hört das Klingeln des kleinen Glöckchens, sieht die sich langsam drehende Pyramide und den Engel mit dem nackten Po, der lächelnd vor der Orgel sitzt. Alles ist so weihnachtlich, so friedlich. Und ein Stockwerk tiefer? Juli fällt ein, dass sie da noch nicht einmal einen Weihnachtsbaum gesehen hat.

»Woran denkst du, Juli?«, fragt die alte Frau.

»Vielleicht will mich Augustus gar nicht als Freundin.«

»Der will schon, nur Geduld musst du haben, der Junge ist stur wie ein Esel.«

»Mit einem Esel war ich schon mal befreundet«, sagt Juli.

»Wie meinst du das, mein Kind?«

»Unser Nachbar in Küblingen, der hatte einen Esel, den Pedro, der ist immer wie wild rumgesprungen, aber wenn ich ihm ein Stück Zucker gebracht hab, war er ganz lieb und hat mich nur ein bisschen gestupst.«

»Na, dann weißt du ja, wie's geht«, sagt Frau von Kalckstein, »und wenn Augustus gar zu wild herumspringt, kommst du einfach zu mir.«

Juli steht auf. »Ich darf unseren Teller nicht vergessen«, sagt sie.

Frau von Kalckstein geht aus dem Zimmer. »Hier, bitte, und guten Appetit«, sagt sie, als sie zurückkommt.

Auf dem Teller liegt eine Art Brot mit dunkel glänzender Kruste.

»Was ist denn das?«, fragt Juli.

»Früchtebrot, nach einem Rezept aus meiner Heimat.«

»Heimat?«

»Ostpreußen. Ein Dorf bei Königsberg, um genau zu sein. Und da machte man nicht nur wunderbares Marzipan, sondern auch dieses Früchtebrot. Das Rezept stammt von unserer alten Köchin.«

»Sie hatten eine Köchin?«, fragt Juli erstaunt.

Frau von Kalckstein lächelt. »Wir hatten sogar einen Gärtner, zwei Zimmermädchen und einen Stallknecht. Kannst du dir vorstellen, dass ich täglich ausgeritten bin?«

Juli schüttelt den Kopf.

»Wenn du mich das nächste Mal besuchst, zeige ich dir Fotos. Vom Haus, den Pferden und von mir als kleinem Mädchen. Interessiert dich das?«

Juli interessieren vor allem die Pferde. In Küblingen ist sie auf Ponys geritten, auf einem Reiterhof im Nachbardorf. Und Frau von Kalckstein hatte ein Pferd? Von so etwas hat Juli immer nur geträumt.

Den Teller mit dem Früchtebrot vorsichtig vor sich hertragend, geht Juli die Treppe hinunter. Im dritten Stock macht sie Halt. Vor Augustus' Tür steht ein Mann und drückt den Daumen auf die Klingel. Es ist derselbe, dem Juli auf dem Hof in die Arme gelaufen ist. Er nickt Juli grimmig zu.

»Denen werd ick's zeigen!« Er klopft an die Tür. »Machen Se uff, Frau Lehmann, ick weeß, dat Se da sind!«

Die Tür öffnet sich. Augustus' Mutter steht im Bademantel da, sie streicht sich die Haare aus dem Gesicht.

»Jetzt hörn Se mal jut zu, junge Frau! Ihr Früchtchen von Sohn hat heute den Hausflur beschmiert«, sagt der Mann böse, »wenn Se det nich sofort wechmachen, ruf ick die Polizei!«

»Mein Sohn war heute den ganzen Tag zu Haus, der hat nirgendwo rumgeschmiert!« Augustus' Mutter will die Tür wieder schließen, aber der Mann hat einen Fuß auf die Schwelle gestellt.

»Nee nee, kommen Sie mir nich von wegen Unschuldslamm. Ick hab'n nämlich neulich erwischt, wie er mit 'ner Sprühdose durchs Vorderhaus jeschlichen is, und da war Farbe drin.«

»Ach ja? Stellen Sie sich vor, er hat für mich zu Weihnachten eine ... einen Tisch lackiert.«

»In lila, wa?« Der Mann lacht höhnisch.

»Genau, in lila. Ich mag lila nämlich.«

Augustus' Mutter hält mit einer Hand den Bademantel am Hals zu. Die andere Hand zittert etwas. Da sieht sie Juli auf der Treppe stehen.

»Du da! Du warst doch vorhin bei uns. Hast du nicht den lila Tisch gesehen, wo der Weihnachtsbaum drauf steht?«

Juli möchte am liebsten im Erdboden versinken. Sie kann sich an keinen lila Tisch erinnern, aber sie nickt. Nur damit das alles schnell ein Ende hat.

»Und wissen Sie, mein Lieber, was an unserm Weihnachtsbaum hängt?« Augustus' Mutter lacht, und es klingt wie Weinen.

»Lila Lametta und lila Kugeln und lila Tannenzapfen, was sagen Sie jetzt?«

»Sie sind ja besoffen!«, sagt der Mann und zieht den Fuß aus der Tür. Die Tür knallt zu. Juli stürzt die Treppe hinunter. Den Teller hat sie unter den einen, das Früchtbrot unter den anderen Arm geklemmt.

Auf dem Hof blickt sie sich um. Ist ihr der schreckliche Mann etwa gefolgt? Als sie ihn nicht sieht, läuft sie schnell weiter, an der grauen Hauswand bleibt sie stehen und schaut hoch. Ganz oben brennt Licht. Die Eltern sind also schon zurück. Juli atmet erleichtert auf.

• ♥ •

Augustus holt tief Luft: »Warum hast du das gesagt? Das mit dem lila Tisch und dem Lametta? Der denkt doch, du spinnst!«

Seine Mutter hat sich aufs Sofa gesetzt und schaukelt Lina auf den Knien. Sie kichert wie ein kleines Mädchen.

»Hast du etwa gelauscht?«

»Habt ja laut genug geschrien.«

»Du hättest erst mal sein blödes Gesicht sehen sollen! Zum Totlachen!«

Dann wird sie ernst. »Stimmt das, was der Pollke sagt? Hast du irgendwo rumgeschmiert.«

Augustus zuckt mit den Schultern. »'n bisschen, vielleicht. Hat er selbst Schuld dran.«

»Was war denn schon wieder?«

Augustus schaut zu Boden.

»Hat er was gesagt? Was Gemeines … über mich?«

Augustus schüttelt den Kopf.

»Über deinen Vater?«

»Lina braucht ihre Flasche, ich mach sie warm.«

Augustus will aus dem Zimmer laufen, die Mutter hält ihn fest.

»Warum sagst du mir denn nichts? Ich bin dir nicht böse. Ich weiß doch, dass …«

Sie bekommt einen Schluckauf. Zwischen den Schlicksern kichert sie wieder.

»Aber deine kleine Freundin … die hat uns aus der Patsche geholfen …« Sie hält sich die Hand vor den Mund.

Augustus wird blass. »Was hat denn Juli damit zu tun?«

»Na, die stand doch dabei … wie vom Donner gerührt, die Kleine. Und als ich gefragt hab, ob sie nicht unsern schönen Weihnachtsbaum mit den lila Kugeln auf dem lila Tisch gesehen hat … da hat sie ›ja‹ gesagt.«

Die Mutter zwinkert Augustus zu. »Scheint wohl ziemlich verknallt zu sein, was?«

Augustus dreht sich um. Langsam geht er in die Küche. Er kann Juli nie wieder in die Augen sehen, nie wieder!

3. Kapitel: **Mittwoch**

In der Nacht wacht Juli auf. Oder ist schon Morgen?

Der Streifen Himmel über den Dächern ist gelbgrau. Das ist so in der Stadt, hat der Vater ihr erklärt. Das kommt von den vielen Lichtern, den Straßenlaternen und den Leuchtreklamen. Dann ist da noch die Dunstglocke über der Stadt aus Ruß und Staub, die ist so dicht, dass das Licht nicht einfach im Himmel verschwinden kann.

Juli stellt sich Berlin vor, das mit all seinen Häusern wie auf einem Teller sitzt, eine riesige Käseglocke drübergestülpt, die an einer Stelle ein Loch hat, nämlich da, wo die Spitze des Fernsehturms herausragt.

Juli vermisst die dunklen Nächte von Küblingen. Die waren wie der schwarze Samt von Omas altem Theaterrock, aus dem sie Juli einen Schal genäht hatte. Wenn Juli den Stoff vor die Lampe hielt, blitzte das Licht durch winzige Löchlein. So war der Sternenhimmel von Küblingen.

Und Juli hat geglaubt, der Himmel sei überall derselbe.

In Berlin ist alles anders.

Juli drückt die geschlossenen Augen fest aufs Kopfkissen, das ist, als ob man durch eine Sonnenbrille direkt in die Sonne schaut, dunkel und hell zugleich. Aber es tut weh. Alles tut so weh. Heimweh. Aber wie kann Juli Heimweh haben, wenn ihr Heim doch jetzt hier ist? Ihre Eltern schlafen im Zimmer nebenan, sie könnte hinüberlaufen und sich in ihr Bett legen, aber so was macht Juli nur bei Gewitter.

Sie muss an den schrecklichen Mann denken, den sie gestern beinahe umgerannt hätte und der zu Augustus' Mutter gesagt hat: »Sie sind ja besoffen!«

Juli fröstelt. Gab es das denn, dass Mütter betrunken waren? In Küblingen war sie oft am Dorfkrug vorbeigekommen, und drinnen saßen Männer und tranken Bier, lachten laut und grölten. Manchmal war die Tür aufgegangen und einer von ihnen kam herausgestolpert, dem noch ein: »Pass auf wo'd nafliegscht!« hintergerufen wurde.

Juli hatte dann schnell die Straßenseite gewechselt, die Betrunkenen machten ihr Angst. Und Augustus' Mutter? Angst hat Juli nicht vor ihr, aber sie kann sich auch nicht vorstellen, sie zu mögen.

Der einzige Mensch in Julis neuem Zuhause, zu

dem sie Vertrauen haben kann, ist wohl die alte Frau. Juli sieht die Weihnachtspyramide vor sich. Die Engelskapelle spielt. Die kleinen Holzmänner singen »Stihille Naacht«, und alles dreht sich …

»Juliane! Willst du nicht endlich aufstehen?«

Die Mutter zieht an Julis Bettdecke. War eben nicht noch Nacht? Juli reibt sich die Augen. Die Mutter gibt ihr einen Kuss.

»Guten Morgen, Mäuschen. Heute ist Papas letzter freier Tag, und wir wollen noch mal auf den Weihnachtsmarkt. Freust du dich?«

Juli freut sich nicht. Weihnachtsmärkte sind nur schön und aufregend, wenn der Heiligabend noch bevorsteht, danach nicht mehr.

»Du könntest noch einmal Karussell fahren und Zuckerwatte essen!«

Juli lässt die Beine über die Bettkante baumeln. »Das ist prima!«, sagt sie und versucht dabei, glücklich auszusehen. Sie weiß, dass ihre Eltern nur ihr zuliebe noch einmal auf den Weihnachtsmarkt gehen wollen, um ihr eine Freude zu machen, um sie abzulenken, damit sie nicht länger Heimweh hat.

»Und heute Nachmittag rufen wir bei Opa und Oma an, dann hast du ihnen was zu erzählen«, sagt die Mutter, die mal wieder Gedanken lesen kann.

»Wann heute Nachmittag?«, fragt Juli.

»Warum, hast du etwas vor?«

Juli nickt.

Die Mutter macht ein schelmisches Gesicht: »Willst du es mir nicht verraten?«

Juli zuckt nur mit den Schultern. »Vielleicht gehe ich mit dem Jungen von gegenüber Schlittschuh laufen.«

»Aber das ist ja wunderbar!« Julis Mutter ist ganz aus dem Häuschen. »Siehst du, so schnell geht das, und nach den Ferien, wenn du hier zur Schule gehst, wirst du noch viel mehr Freunde …«

Juli springt aus dem Bett und läuft ins Bad. Wenn das hier mit allen neuen Freunden so schwierig wird wie mit Augustus, na dann …

Beim Frühstück sagt die Mutter zum Vater: »Du, Hans, stell dir vor, Juli hat schon einen Freund gefunden.«

Juli verzieht das Gesicht.

»Ach ja? Wie alt ist der Bub? Wie heißen die Eltern?«, fragt der Vater und lässt die Zeitung sinken. »Vielleicht sollet mer se mal zum Kaffee einlade.«

Juli fühlt sich unbehaglich. »Weiß nicht«, murmelt sie.

»Nun wart doch erst mal ab, Hans«, sagt die Mutter, »sie kennt den Jungen schließlich erst zwei Tage.«

»Ich möchte schon gern wissen, mit wem meine Tochter zusammen ist«, sagt der Vater, »du weißt, was alles passieren kann, wir sind nicht mehr in Küblingen, wo jeder jeden kennt.«

»Das, woran du denkst, passiert überall, nicht nur in der Stadt«, erwidert die Mutter spitz. »Denk nur an die kleine ...«

Sie bricht ab und wirft dem Vater einen bedeutungsvollen Blick zu. Juli weiß genau, woran die beiden jetzt denken. An Jessica. Die war in Küblingen eine Klasse über Juli gewesen. Eines Tages hatten ihr zwei große Jungs im Wald aufgelauert, hatten ihr Fahrrad festgehalten, sodass sie absteigen musste und dann ...

Sie mussten ihr sehr wehgetan haben. Jessica trug den Arm in Gips, als sie in Begleitung ihrer Mutter wieder zur Schule kam, und Juli hatte gehört, wie Frau Moritz, die Klassenlehrerin, zu Jessicas Mutter sagte: »Ein Glück, dass nichts Schlimmeres passiert ist.«

»Augustus würde mir nie den Arm brechen!«, sagt Juli.

»Natürlich nicht, das behauptet auch niemand.« Die Mutter streicht Juli über die Wange.

»Und was steht hier?« Der Vater klopft auf die Zeitung.

»An einer Charlottenburger Grundschule hat ein Zwölfjähriger einen Neunjährigen mit dem Messer schwer verletzt, weil der ihm kein Geld geben wollte. Das ist einfach unglaublich! Man sollte doch denken, in der Schule seien die Kinder sicher. In Küblingen jedenfalls ...«

»Ach hör mir doch endlich auf mit deinem ewigen ›in Küblingen‹. Kannst ja wieder zurückgehen in dein Kaff, wenn hier alles so furchtbar ist!«, sagt die Mutter böse.

»Ich mein ja nur, dass wir aufpassen müssen, damit ...«

Weiter kommt der Vater nicht, denn das Telefon klingelt. Froh über die Unterbrechung stürzt Juli an den Apparat. Es ist Oma, und als Juli die liebe vertraute Stimme hört, wird ihr froh und gleichzeitig schwer ums Herz.

»Jetzt aber los, ihr beiden!«, sagt die Mutter und hält Juli den Mantel hin. Dem Vater drückt sie einen blauen Müllsack in die Hand.

»Da ist ja das ganze Geschenkpapier drin, kann man das nicht noch aufheben?« Julis Vater zieht einen zerknitterten blauen Bogen mit goldenen Sternen darauf aus dem Sack.

»Das ist meins!«, ruft Juli empört. Das alte Märchenbuch war darin eingewickelt gewesen, das schon dem Urgroßvater gehört hatte. Opa hatte ihr jeden Abend daraus vorgelesen, aber Juli durfte es nie in die Hand nehmen. »Ha noi, des isch ja viel zu koschtbar!« Und nun gehört es ihr, und sie kann es anfassen, so viel sie will …

»Ihr könnt euch gern hinstellen und das ganze Zeug wieder aufbügeln!« Julis Mutter zerknüllt das Sternenpapier zu einem Klumpen.

»Oma hat das immer gemacht«, sagt Juli leise.

»Aber ich nicht!« Die Mutter schiebt Juli zur Tür hinaus.

Unten im Hauseingang stolpert Juli beinahe über einen Putzeimer. Mit dem Rücken zu ihr steht ein Mann und schrubbt mit einer Bürste die Wand. »Weinachtsmann« steht da in großen lila Buchstaben. Schreibt man das nicht mit ›h‹?

»Guten Morgen, Herr Pollke«, sagt Julis Mutter

freundlich. Der Mann dreht sich zu ihr um. Es ist der grässliche Mensch von gestern. Juli möchte sich am liebsten unsichtbar machen.

»Unsere Tochter kennen sie ja noch nicht, das ist also Juliane.« Die Mutter hält Juli an den Schultern fest. »Nun sag schon Guten Tag, Mäuschen, bist doch sonst nicht so schüchtern.«

»Det kann man wohl sagen!« Der Mann sieht Juli argwöhnisch an. »Die Kleene hat es faustdick hinter die Ohrn.«

Julis Vater will gerade etwas erwidern, da wird die Haustür aufgestoßen und ein Postbote kommt herein.

»Ick hab hier 'n Einschreiben für Sie, Herr Pollke.«

Juli atmet auf, sie zieht ihre Mutter am Briefträger vorbei durch die geöffnete Tür, der Vater muss wohl oder übel hinterher. Auf dem Weg zur U-Bahn fragt er aber natürlich doch:

»Was meinte der denn mit ›faustdick hinter den Ohren‹?«

Juli zuckt mit den Schultern.

»Hoffentlich glaubt der Pollke nicht, dass du das an die Wand gesprüht hast«, sagt die Mutter.

»Was denn?«, fragt Juli ganz unschuldig.

»Gestern stand da … wie ging das noch, Hans?«

Julis Vater bleibt stehen, legt die Hand auf die Brust und spricht mit Brummbassstimme:

»Der Pollke, der ist dumm,
er meckert immer rum,
weil er's nun mal nicht lassen kann,
das ist vielleicht ein Weihnachtsmann!«

Juli lacht und ihre Mutter muss zugeben: »Witzig war's ja schon.«

»Also ich finde diese Schmierereien überhaupt nicht witzig. Guck mal hier!« Der Vater zeigt auf eine frisch gestrichene Häuserwand, die mit schwarzen Krakel-Buchstaben besprüht ist. Sie gehen die Treppe hinunter in die U-Bahn. Neben dem Fahrkartenautomaten steht ein Mann mit einem Akkordeon. Neben ihm liegt ein großer gelber Hund. Der Mann spielt »O du Fröhliche«, aber er sieht alles andere als fröhlich aus. Selbst der Hund scheint traurig zu sein, er blickt Juli aus blutunterlaufenen Augen müde an.

»Komm bitte!«, sagt der Vater, als Juli stehen bleibt. Die Mutter nimmt 50 Cent aus dem Portemonnaie und wirft sie in eine Blechbüchse. Der Mann nickt und spielt weiter. Plötzlich weht ein kalter Wind Juli fast die Mütze vom Kopf.

»Das ist die U-Bahn! Schnell!« Die Mutter läuft vor auf den Bahnsteig.

An der Gedächtniskirche steigen Juli und ihre Eltern aus. Die Straße ist voller Leute, die schwere Einkaufstüten in die Geschäfte und Kaufhäuser tragen.

»Erst kaufen sie wie die Verrückten ein, und jetzt tauschen sie wieder alles um.« Der Vater schüttelt den Kopf.

»Ich glaube, wir sind zu spät dran, die bauen ja schon ab!«, sagt die Mutter, als sie auf den Weihnachtsmarkt kommen. Die kleinen Holzbuden mit dem schwarzen Fachwerk haben die Läden geschlossen. Die Girlanden aus Tannenzweigen hängen zerrupft von den Dächern herab. Jetzt im Hellen sieht Juli, dass es gar keine echte Tanne, sondern Plastikgrün ist. Am Karussell mit der Feuerwehr und der Pferdekutsche machen sich Männer mit großen Schraubenschlüsseln zu schaffen.

»Schade!« Juli ist nun doch enttäuscht. Sie wäre gern noch einmal auf einem der Pferde geritten, obwohl das ja eigentlich nur was für ganz kleine Kinder ist.

»Die da haben noch auf!«, ruft der Vater und zeigt auf einen Stand, der Bonbons in allen Farben, gebrannte Mandeln und Schokobananen verkauft. Ein paar Männer stehen davor und trinken Glühwein. Einer grinst Juli an:

»Tja, meen Kleener, da musste wohl bis nächstet Jahr warten.«

»Sind ja nur noch 360 Tage bis Weihnachten«, sagt ein anderer und beide lachen.

»Ich möchte so einen Apfel, bitte.« Juli zeigt auf einen leuchtend rot kandierten Apfel. Das wäre ein wunderbares Geschenk für Augustus.

»Ich heb ihn mir auf für später«, sagt sie und umwickelt den Apfel vorsichtig mit einer Papierserviette.

»Schenkste den deiner Braut?« Die Männer lachen schon wieder.

»Ich bin doch ein Mädchen!«, sagt Juli empört.

»Entschuldjung, Frollein, wollte Sie ja nich zu nahe treten.« Der jüngere der beiden Männer sieht sie belustigt an. »Denn mal 'n schönen Gruß an den Liebsten!«

Juli wird rot.

• ♥ •

Augustus reißt das letzte Blatt vom Kalender. Es zeigt eine verschneite kleine Stadt. Am dunklen Himmel leuchten gold, rot und grün die Sterne der Silvesterraketen. Darunter steht: *Damit das neue Jahr mit klarem Kopf beginnt – bei Kater und Kopfschmerzen fragen Sie Ihren Apotheker.*

Augustus zerreißt das Bild in viele kleine Fetzen. Dann hängt er den neuen Kalender auf, den ihm die junge Frau in der Apotheke heute Morgen in die Hand gedrückt hat. Augustus war extra zwei Straßen weiter gegangen, um die Schmerztabletten für seine

Mutter zu kaufen. In der Apotheke nebenan kennen sie ihn schon, und beim letzten Mal hat ihn der Apotheker so komisch angeguckt, als wollte er etwas fragen. Da geht Augustus nicht mehr hin. Ist ja auch kein Problem, Apotheken gibt es an jeder Ecke. Und in jeder gibt es um diese Jahreszeit Taschentücher oder Vitaminbonbons und Kalender …

Einen davon, einen kleinen roten Taschenkalender hat Augustus seiner Mutter zu Weihnachten geschenkt. Mit Schnörkelbuchstaben steht darin ihr Name: Yvonne Lehmann. Und ihr Geburtstag: 13. September. An einem Freitag, den dreizehnten ist sie geboren. »Was kann man da schon erwarten?«, sagt sie oft.

Augustus blättert in dem Wandkalender vor bis zum September. Das Bild zeigt Kinder, die bunte Drachen steigen lassen. Der 13. September ist wieder ein Freitag. Augustus seufzt.

»Kommst du mit? Ich muss für Lina Strumpfhosen besorgen.«

Seine Mutter steht im Mantel in der Tür.

»'ne Mütze braucht sie auch«, sagt Augustus, »die alte ist viel zu klein.«

»Wenn ich dich nicht hätte, mein Großer.« Die Mutter will ihn umarmen, aber er macht sich frei.

»Wie spät ist es?«

»Kurz vor drei, glaub ich. Also was ist? Komm doch mit, kriegst auch ’nen Hamburger.«

Augustus schüttelt den Kopf.

»Gibt’s was im Fernsehen?«

Augustus nickt.

»Na meinetwegen, aber nicht länger als eine Stunde, hörst du?«

»Is in Ordnung, Mutsch.«

Das ist typisch. Immer wenn es seiner Mutter gut geht, kommt sie mit Erziehung. Wenn es ihr schlecht geht, darf Augustus stundenlang fernsehen. Wie gern würde er für immer aufs Fernsehen verzichten, wenn sie nur glücklich wäre …

Als er die Tür ins Schloss fallen hört, zieht er sich das Sweatshirt aus, das Lina vorhin mit Milch bespuckt hat, und holt seinen neuen Pullover aus dem Schrank. Schwarz und grau mit weißen Elchen und roten Sternen. Sein Weihnachtsgeschenk. Er hat ihn sich aus dem Katalog ausgesucht, also war es keine richtige Überraschung. Aber die gehen sowieso oft daneben. Wenn Augustus nur an die grausamen Turnschuhe denkt, die er zum Geburtstag bekommen hat. Mit ’ner Mickymaus drauf! In seiner Klasse haben sie sich halb totgelacht über die Treter. Was ihm bloß alles durch den Kopf geht, dabei ist doch nur eins wichtig: Trifft er sich jetzt mit dieser Juli oder nicht?

Es ist zehn nach drei und sie wartet auf ihn und friert womöglich.

• ♥ •

Juli sitzt auf der Treppe zum Boden. Augustus hatte doch gesagt: »Bei den Blumen«, damit konnten ja nur die Geranienkästen gemeint sein, bei denen sie sich zum ersten Mal getroffen haben. Und wie beim ersten Mal steht Augustus plötzlich vor ihr.

»Hallo!«, sagt er und grinst.

»Musst du nicht wieder deine Schwester hüten?«, fragt Juli vorsichtig.

Augustus lässt sich neben Juli nieder. »Meine Mutter ist mit ihr draußen. So kleine Kinder brauchen viel frische Luft.«

»Dann ist deine Mutter nicht mehr krank?«

»Nein, natürlich nicht!«

»Aber gestern ...«, wendet Juli zaghaft ein.

Augustus macht eine wegwerfende Handbewegung. »Ach das ... sie war einfach nur 'n bisschen müde, heute geht's ihr prima.«

Juli ist erleichtert. »Meine Mutter ist auch oft müde«, sagt sie eifrig, »und manchmal hat sie so schlimme Kopfschmerzen, dass sie den ganzen Tag im Bett bleiben muss. Die Vorhänge müssen zugezogen werden, und sie will mit niemandem reden.«

Augustus nickt: »Kenn ich.«

Juli überlegt: Soll sie Augustus fragen, ob das stimmt, was der Pollke gesagt hat? Das mit dem »besoffen«? Lieber nicht.

»Komm mit! Ich zeig dir mein Zimmer«, sagt Juli stattdessen. Augustus schaut sie unschlüssig an.

»Ich hab auch 'ne Überraschung für dich.«

Seine Augen leuchten, und er folgt Juli die Treppe hinunter.

Julis Vater öffnet die Tür, und Augustus sagt sehr höflich: »Guten Tag, ich heiße Augustus Lehmann.«

»Häberer, grüß Gott. Komm doch nei, Bub.« Der Vater lächelt freundlich, und Juli ist sehr stolz auf ihren Freund.

In der Tür zu Julis Zimmer bleibt Augustus stehen.

»Toll! Das is dein Zimmer? Für dich alleene? Bei mir schläft ja Lina mit drinne.«

Juli sieht auf einmal das Zimmer mit anderen Augen. Den Spielzeugschrank mit den vielen Schubfächern, das Bett mit der bunten Patchworkdecke, den Maltisch mit einem extra Fach für Buntstifte. Alles ist neu und alles ist wirklich wunderschön.

»Bei meinen Großeltern hatte ich nur eine kleine Kammer.« Juli kichert: »Ich hab sogar noch im Gitterbett geschlafen, ein richtiges Bett hat da nämlich nicht reingepasst.«

Augustus muss lachen, dass die Sommersprossen auf seiner Nase tanzen. »Du im Gitterbett? Wie meine kleine Schwester. Und 'nen Schnuller haste wohl auch gehabt?«

Juli ist gekränkt, auslachen darf er sie nicht.

Da fällt Augustus' Blick auf das dicke Märchenbuch, das auf dem Nachttisch liegt.

»Was'n das für 'ne Schwarte?«, sagt er und blättert darin.

»Komische Schrift, was steht hier: Kran Golle?«

Juli nimmt ihm das Buch aus der Hand.

»Das heißt ›Frau Holle‹, in alter Schrift, aber ich kann die lesen, willst du hören?«

Augustus winkt ab: »Nee danke, Märchen sind was für Babys, hast du nichts Richtiges?«

»Was denn Richtiges?« Juli legt das Buch vorsichtig zurück.

»Na so Krimis, wo man selber rausfinden muss, wer der Mörder ist. Oder was mit Monstern und Vampiren. Aber du stehst wohl nur auf Prinzessinnen mit langen Haaren und den ganzen Märchenquatsch.«

Augustus zeigt auf das Bild eines Engels, der segnend seine Hände auf kleine Kinderköpfe legt. Juli hat es zur Kommunion von den Großeltern bekommen und gegen den Willen ihrer Mutter, die es ›kitschig‹ findet, über ihrem Bett aufgehängt.

Juli fährt sich durch ihr kurzes Haar, dass es strubbelig vom Kopf absteht. ›Märchenquatsch‹! Das lässt sie nicht auf sich sitzen.

»Wenn du was Gruseliges willst, dann lies doch mal ›Ritter Blaubart‹, der hackt seinen Frauen die Köpfe ab und legt sie in ein Becken, das ist voller Blut.«

»Prima!«, sagt Augustus begeistert, »borgste mir das?«

Juli tippt auf das Märchenbuch. »Das steht da drin, ist nämlich auch ein Märchen.«

Augustus macht ein ziemlich dummes Gesicht.

Julis Mutter kommt mit einem Tablett ins Zimmer.

»Sind det wieder die Wahnsinnskekse von deiner Oma?« Augustus greift mit beiden Händen zu.

»Wir können auch den Weihnachtsbaum anzünden und es uns gemütlich machen, aber wenn ihr noch Schlittschuh laufen wollt, sollten wir bald los, damit es nicht zu spät wird«, sagt die Mutter.

»Ich kann überhaupt nicht Schlittschuh laufen«, erwidert Augustus mit vollem Mund.

»Das ist babyleicht«, sagt Juli.

»Aber ich hab doch keine Schlittschuhe!«, jammert er.

Es hilft nichts. Juli will zur Eisbahn, und Augustus muss mit.

»Puh, wie es hier stinkt!«

Augustus rümpft die Nase, als er sich neben Juli auf eine der langen Holzbänke im Umkleideraum setzt, um sich seine Schuhe auszuziehen. Er zieht seine Socke lang, damit man das Loch am dicken Zeh nicht sieht.

»Passen sie?«, fragt Juli.

»Wer weiß, wer die schon alles anhatte.« Augustus beäugt misstrauisch das Innere seiner geliehenen Schlittschuhstiefel.

Unbeholfen stakst er hinter Juli her auf die hell erleuchtete Eisbahn. Hier bleibt er mit wackligen Knien stehen und rührt sich nicht vom Fleck. Disco-Musik dröhnt aus den Lautsprechern. Juli nimmt ihn bei der Hand. *Rums* – fallen beide hin. Juli schiebt Augustus von hinten, und wieder liegen sie auf dem Eis. Und noch einmal und noch einmal. Augustus stöhnt, Juli lacht, und Julis Mutter fährt mit eleganten Schwüngen an ihnen vorbei.

»Himmel, Arsch und Zwirn, das lern ich nie«, schimpft Augustus und macht dabei doch ein paar Schritte, bevor er wieder hinfällt.

»Du musst nach vorne gucken, nicht nach unten!« Juli macht es ihm ganz langsam vor. »Und rechts … und links …«

Sie fühlt sich großartig in der Rolle der Lehrmeisterin.

»In ein paar Wochen kannst du's«, ruft sie und dreht sich mit knirschenden Kufen. »Wetten?«

Augustus reibt sich den Po.

Zwei Jungen in Augustus' Alter laufen vornübergebeugt mit weitausholenden Bewegungen an ihnen vorbei, bremsen ab und kommen zurück.

»Ey, Alter, wo haste denn die scharfen Schuhe her, aus'm Rotkreuzsack oder vom Sperrmüll?«, höhnt der eine.

»Und 'ne Braut hat er auch, kiek mal«, ruft der andere, »von wo kommt'n die, aus'm Kindergarten?« Sie umkreisen Juli und Augustus und fahren dann johlend davon.

»Kennst du die?«, fragt Juli.

»Die waren mal in meiner Klasse, die Idioten.«

»Sind bestimmt sitzen geblieben, nicht?« Das geschieht diesen grässlichen Typen ganz recht.

»Hast du die Schlittschuhe von denen gesehen?«, sagt Augustus statt einer Antwort. »Die haben bestimmt hundertfünfzig Euro gekostet.« Stirnrunzelnd betrachtet er die abgeschabten Spitzen seiner Leihstiefel.

»Wenn du erst laufen kannst, kauft dir deine Mutter sicher auch so welche«, sagt Juli.

»Na klar, aber mit vergoldeten Kufen«, Augustus lacht böse, »wir schwimmen ja im Geld.«

Juli ist verwirrt. Was hat sie denn jetzt wieder falsch gemacht?

Augustus zieht sie am Ärmel:

»Komm, noch 'ne Runde!«

Und diesmal geht es ohne Sturz.

Julis Mutter spendiert jedem einen Becher Kakao, und dann machen sie sich gut gelaunt auf den Heimweg. Ein eisiger Wind weht, und sie gehen schnell.

Plötzlich bleibt Augustus stehen und bückt sich. »Mein Schnürsenkel ist aufgegangen.« Umständlich nestelt er an seinen Schuhbändern herum.

Juli sieht, wie eine Frau mit Kinderwagen weiter vorn in ihre Straße biegt. Das ist doch Augustus' Mutter! Hat er sie nicht gesehen?

»Du, da geht deine …«, beginnt Juli und spricht dann nicht weiter, weil Augustus merkwürdig bittend zu ihr hochblickt.

Schweigend gehen sie nebeneinander her. Wollte Augustus seine Mutter nicht sehen? Aber warum nicht?

Später dann in ihrem Zimmer fällt Juli der kandierte Apfel ein, den sie Augustus schenken wollte. Vielleicht morgen, vielleicht auch nie. Aus diesem Jungen soll mal einer schlau werden …

• ♥ •

In der Tür zum Seitenflügel prallt Augustus auf Frau von Kalckstein. Sie kommt gerade vom Einkaufen.

»Ich trag Ihre Tasche hoch!« Augustus reißt sie der alten Frau fast aus der Hand.

»Nicht nötig, mein Junge, die ist nicht schwer.«

Aber er lässt nicht los. Ein kleiner Aufschub kommt ihm gerade recht. Ob ihn seine Mutter wohl gesehen hat?

»Wo warst du denn, Augustus? Du hast ja richtig rote Backen.«

»Schlittschuh laufen, mit Juli.«

Frau von Kalckstein bleibt stehen.

»Mein Gott, ist das lange her, dass ich das letzte Mal Schlittschuh laufen war. Damals in Ostpreußen hat-

ten wir Eisschlitten. Wir Mädchen saßen gemütlich auf der Bank, die Füße im Fellsack, und mein Bruder hat uns auf Schlittschuhen über das Haff geschoben.«

»Schlitten gab's keine auf der Eisbahn«, sagt Augustus.

»Ich könnte mir denken, dass das im Eisstadion auch verboten ist.« Die alte Frau lacht. »Da ist es doch bestimmt sehr voll, jetzt in den Ferien. Wenn es endlich richtig frieren würde, dann könntet ihr Kinder auf den Grunewaldsee, vielleicht sogar auf die Havel. War's der Winter '70 oder '71? Da sind wir über den Wannsee gelaufen, rüber zur Pfaueninsel, mein Mann und ich, auf dem Eis gab's Stände mit heißen Würstchen und Glühwein …«

Sie gehen weiter die Treppe rauf, und Frau von Kalckstein redet und redet. Augustus hört gar nicht hin. Vor ihrer Wohnungstür fragt sie: »Willst du noch mit reinkommen, einen Kakao trinken?«

Augustus überlegt kurz, dann sagt er: »Ich muss runter, meine Mutter wartet.«

Er nimmt zwei Stufen auf einmal, plötzlich hat er es sehr eilig. An der Tür bleibt er stehen und holt tief Luft, dann schließt er leise auf. In der Küche brennt Licht. Seine Mutter sitzt am Küchentisch und füttert Lina mit Bananenbrei. Sie schaut nicht auf.

»'n Abend«, sagt Augustus und zieht sich die Jacke aus.

Keine Antwort.

»Bist du schon lange da?« Er legt die Hände auf die Heizung unter dem Küchenfenster.

»Frag nicht so dumm«, sagt seine Mutter. »Du hast mich doch gesehen.« Sie schaut ihn immer noch nicht an.

»Nein, wo denn?« Ihm wird ganz heiß.

Jetzt sieht ihm die Mutter ins Gesicht.

»Du schämst dich also wegen mir«, sagt sie ganz ruhig.

»Bestimmt nicht, niemals!« Augustus ist verzweifelt. Er möchte ihr gern erklären, warum er ein Zusammentreffen mit Juli und ihrer Mutter verhindern wollte. Aber so genau weiß er das ja selbst nicht.

»Es ist dir peinlich, dass mich deine Freundin neulich so gesehen hat ... im Hemd ... und dass sie dabei war, als der Pollke gesagt hat, ich sei ...«

»Nein!«, schreit Augustus. »Nein!« Er will das Wort nicht hören.

»Du lügst!«, schreit seine Mutter zurück.

Lina reißt entsetzt die Augen auf, dann brüllt sie. Bananenbrei fällt aus ihrem Mund. Die Mutter zerrt sie aus dem Kinderstuhl und drückt sie an sich.

»Ist ja gut, mein Schatz, ist ja gut, meine Süße, du bist lieb ...«

»Du bist lieb!«, äfft Augustus seine Mutter nach. Er läuft aus der Küche und knallt die Tür hinter sich zu. Mutsch soll ruhig glauben, er sei eifersüchtig auf seine kleine Schwester. Das ist ihm lieber, als wenn sie denken muss, dass er sich ihretwegen schämt.

4. *Kapitel:* **Donnerstag**

Als Juli an diesem Morgen aufsteht, ist ihr Vater schon fort. Irgendwo in dieser großen Stadt sitzt er jetzt in einem Büro und arbeitet. Wegen dieser Arbeit sind sie überhaupt nur nach Berlin gezogen.

In Küblingen war der Vater Buchhalter in einer Landmaschinenfabrik gewesen. Die Fabrik lag nicht weit vom Haus der Großeltern entfernt, und Juli hatte ihren Vater oft von der Arbeit abgeholt. Dann hob er sie auf einen der riesigen, glänzend-neuen Trecker. Oder er stellte Juli an ein Traktorrad, um zu sehen, wie viel sie wieder gewachsen war. Aber nie reichte sie bis zum obersten Rand, zuletzt gerade mal zum eingestanzten Reifennamen. Das Gummi roch neu und stark.

Die Traktoren waren gut, und sie waren teuer. In Küblingen und Umgebung hatten immer mehr Bauern ihr Land verkauft und lieber Schweine gemästet als Roggen und Weizen anzubauen, gute Traktoren wurden nicht mehr gebraucht. Die Fabrik machte Pleite, Julis Vater wurde arbeitslos und blieb den ganzen Tag zu Hause.

Das war gar nicht schön gewesen, denn plötzlich fing der Vater an, sich um Julis Hausaufgaben zu kümmern. Sonst hatte immer Opa mit Juli die Schularbeiten gemacht, denn Mama war viel unterwegs, sie verkaufte Lippenstifte, Shampoo und andere Kosmetiksachen.

In dieser ›schlimmen Zeit‹, wie Juli das vergangene halbe Jahr heimlich nannte, musste sie gleich nach dem Essen die Schultasche ausräumen und zeigen, was im Unterricht drangekommen war und was sie aufhatte. Während Juli dann Wort für Wort und Satz für Satz in ihr Heft malte, saß der Vater neben ihr und griff ungeduldig nach ihrem Arm, wenn sie etwas falsch machte, und natürlich machte sie viel falsch. Viel mehr als bei Opa, der ihr Heft erst angeschaut hatte, wenn alles fertig war.

Schlimm war auch jedes Mal, wenn der Harder-Hans, der Briefträger, bei ihnen klingelte und die dicken Briefe brachte. Dann kamen nämlich die Bewerbungen zurück, die der Vater Woche für Woche losschickte, nachdem er sonntags die Stellenangebote in der Zeitung studiert hatte. Der Harder-Hans kam immer kurz vor eins, und Juli hatte auf dem Heimweg von der Schule oft getrödelt, nur um nicht das Gesicht ihres Vaters sehen zu müssen, wenn er die Briefe öffnete.

»Mit vierzig ist man eben zu alt!«, sagte er jedes Mal. »Da gibt's keine Arbeit mehr.«

Aber eines Tages gab es dann doch welche. Der Harder-Hans hatte einen dünnen Brief gebracht von einer Maschinenfabrik aus Berlin. Dort suchte man genau so jemanden wie Julis Vater, und am 1. Dezember sollte er anfangen.

Oma hatte geweint und Opa hatte gesagt: »Ei, der Bub muss doch schaffe!« Und Juli begriff nicht gleich, dass sie ja auch weg musste in dieses ferne Berlin, nicht nur der Vater.

Die Einzige, die sich freute, war Julis Mutter. In dem kleinen schwäbischen Dorf war sie nie so richtig heimisch geworden, nicht so wie Juli, die dort geboren war.

Im Ausweis der Mutter stand als Geburtsort »Berlin-Zehlendorf«, sie war also in einem Dorf geboren und gleichzeitig in der Großstadt. Juli hatte das nie richtig verstanden.

»Wir fahren mal hin und dann zeige ich dir alles, du wirst begeistert sein!«, hatte Julis Mutter jedes Mal gesagt, wenn Juli Fragen stellte, nach Berlin und nach der Zeit, in der ihre Mutter selber Kind gewesen war.

Und nun sind sie nicht nur zu Besuch nach Berlin gefahren, nun leben sie hier, in einem Stadtteil, der Wilmersdorf heißt und genauso wenig Dorf ist wie dieses Zehlendorf, von dem die Mutter so oft erzählt hat.

Der Vater geht wieder jeden Tag zur Arbeit, oder besser – er fährt zur Arbeit. Erst zehn Stationen mit der U-Bahn, dann umsteigen und noch einmal 20 Minuten Bahnfahrt, schließlich zwei Stationen mit dem Bus. Eine Stunde braucht der Vater zur Arbeit in Borsigwalde, wo es wahrscheinlich alles Mögliche gibt, nur keinen Wald. Vielleicht würde ihn Juli dort einmal besuchen können, zusammen mit ihrer Mutter, denn so eine weite Strecke darf sie natürlich nicht allein fahren.

Julis neue Schule hingegen ist gleich um die Ecke. Nach den Weihnachtsferien wird sie dort hingehen. Daran mag sie gar nicht denken. So viele fremde Kinder. In der Küblinger Grundschule stammten die Kinder fast alle aus dem Dorf. Juli erinnert sich noch genau daran, wie einmal ein neues Mädchen in die Klasse kam. Die war nicht nur fremd, sie sprach auch kein Deutsch. Elzbieta hieß sie, und sie hatte Juli furchtbar Leid getan, als sie da vor der Klasse stand in so einem hässlichen braunen Pullover und nichts von dem verstand, was die anderen Kinder sagten.

Nun gut, Deutsch kann Juli, aber sicher wird man

merken, dass sie nicht aus Berlin ist, dass sie vom Land kommt. Die Mutter hat Juli beruhigt. In der neuen Klasse soll es viele Kinder geben, die auch nicht aus Berlin sind. Kinder aus der Türkei, aus Polen, wie damals Elzbieta, oder aus Vietnam. Beruhigt hat Juli das nicht.

An ihrem letzten Schultag in Küblingen hatte die Klasse für Juli ein Lied gesungen. »Muss i denn, muss i denn zum Städtele 'naus ...« Und eigentlich war es dieses Lied, mit dem Julis Heimweh begonnen hatte.

Opas Augen waren rot gewesen und er hatte heftig in ein großes Taschentuch geschnaubt, als Juli in das Taxi stieg, das sie und ihre Mutter zum Bahnhof bringen sollte. Das war eine Woche vor Heiligabend gewesen. Julis Vater war schon länger in Berlin, er hatte eine Wohnung gefunden, die Möbel waren inzwischen auch da, bis auf Julis Gitterbett, das blieb in Küblingen.

Nun wartete der Vater auf seine Familie.

»Kommt doch bitte mit!«, hatte Juli zu Oma und Opa gesagt. »Dann feiern wir Weihnachten alle zusammen.«

Aber Opa hatte nur den Kopf geschüttelt. »Ha noi, mir tätet da bloß störe, mei Mädle.«

Julis Mutter war stumm geblieben, sie hatte nicht widersprochen, und das nimmt Juli ihr übel.

Nun sind Opa und Oma ganz allein in ihrem Haus, nur Kater Felix ist ihnen geblieben, aber der ist auch nicht mehr der Jüngste.

»Träumst du noch, Mäuschen?«, fragt die Mutter beim Frühstück.

»Ich musste nur an Felix denken.«

»Er fehlt dir, nicht wahr? Leider dürfen wir hier kein Haustier haben, der Pollke hat's verboten.«

»Noch nicht mal eine klitzekleine Katze?« Juli formt die Hände zu einer Kugel. »Das merkt er doch gar nicht.«

»Kleine Katzen werden groß, sie brauchen Katzenfutter und ein Katzenklo, spätestens wenn der Pollke die leeren Futterbüchsen im Müll sieht, weiß er Bescheid.«

»Wieso guckt der in die Mülltonne, das stinkt doch?«

Julis Mutter lacht: »Der steckt seine Nase bestimmt überall rein.«

Da fällt Juli etwas ein.

»Mama, was ist ein Sozialamt?«

»Wie kommst du denn jetzt darauf?«

»Nur so eben ...«

»Also, du weißt doch noch, als Papa Arbeit gesucht hat, da bekam er Geld vom Arbeitsamt, und Leute, die ...«, die Mutter überlegt, »... also Leute, die nicht arbeiten gehen können, weil sie krank sind oder zu alt oder ...«

»... weil sie kleine Kinder haben«, ergänzt Juli.

»Genau, weil sie kleine Kinder haben, die bekommen Geld vom Sozialamt für die Miete und den Lebensunterhalt.«

»Das ist doch dann kein Betteln, oder?«

Die Mutter sieht Juli prüfend an.

»Nein, das ist es nicht, überhaupt nicht, aber jetzt sag mir bitte, warum du das alles wissen willst.«

Juli schüttet Müsliflocken in ihre Schüssel und gießt Milch darauf, dann nimmt sie einen großen Löffel voll und kaut.

»Hab ich im Fernsehen gesehen«, nuschelt sie.

Das war eine gute Antwort. Die Eltern wollen schließlich immer, dass Juli fragt, wenn im Fernsehen irgendetwas gesagt oder gezeigt wird, was Juli nicht versteht – damit sie ja nicht ›überfordert‹ wird.

»Du, Mama? Wenn wir eine Katze hätten, dann könntest du ja Hühnermägen für sie kochen, wie Oma, das würde der Pollke doch nicht merken.«

»Es geht nicht, Juliane, wirklich nicht. Papa würde es auch nicht erlauben, der ist so froh, dass wir die Wohnung hier haben, der will bestimmt keinen Ärger mit dem Hausbesitzer.«

Juli stochert missmutig in ihrem Müsli herum.

Die Mutter hat eine Idee: »Was hältst du davon, wenn wir nachher in den Zoo gehen? Der Berliner Zoo ist weltberühmt, es gibt sogar zwei Pandabären!«

Der Mutter fällt jedes Mal etwas ein, wenn Juli traurig ist. In der kurzen Zeit, die Juli in Berlin ist, war sie schon im Zirkus, auf dem Funkturm, im Puppentheater und in einem riesigen Kaufhaus, wo sie in der Spielzeugabteilung ihre Mutter verloren hat und ausgerufen werden musste. Manchmal scheint es Juli, als habe ihre Mutter ein schlechtes Gewissen, weil sie sich so freut über Berlin und Juli nicht.

»Ist das nicht wunderbar, Mäuschen? Wir können uns jeden Tag etwas Neues angucken, und wenn wir damit fertig sind, fangen wir wieder von vorne an.«

Juli sagt ihrer Mutter nicht, dass sie auf all das gern verzichten würde, wenn sie nur wieder daheim wäre, daheim, wo ihr alles vertraut ist.

»Müssen wir weit fahren?«, fragt sie nur. Sie kann die U-Bahn nicht leiden, die Leute, die da drin sitzen, sehen immer so schlecht gelaunt aus und rausgucken kann man auch nicht.

»Aber nein! In zehn Minuten sind wir bei den Affen! Dein Freund Augustus kann ja mitkommen.«

»Ich frag ihn mal«, sagt Juli betont gleichgültig, aber sie schaufelt sich hastig ihr Müsli in den Mund.

»Du kannst ruhig langsam essen, ich muss erst noch die Wäsche aufhängen.«

»Du hast gewaschen?« Juli ist entsetzt.

»Natürlich, du willst doch Silvester bestimmt das blaue Kleid anziehen.«

»Aber ... das bringt doch Unglück, wenn man zwischen den Jahren Wäsche wäscht.«

»Aberglauben!«, sagt die Mutter kurz und steht vom Tisch auf.

»Oma sagt immer ...«

»... schwarze Katze übern Weg, und es gibt 13 Jahre Scherben, ich weiß.« Die Mutter geht aus der Küche.

Juli hat keinen Appetit mehr, sie leert den Rest ihres Müslis in den Mülleimer. Sie hat dabei ein schlechtes Gewissen. Oma meinte immer, dass man Lebensmittel nicht wegwerfen dürfe, das sei Sünde. Und wenn Juli sich mal zu viel aufgefüllt hatte, dann aß Opa es für sie auf. Julis Mutter macht das nie, die wirft einfach alles weg. Daran muss Juli sich erst gewöhnen.

Sie geht aus der Wohnung und hüpft die Stufen hinunter. 84 Stufen sind es genau. Dann noch einmal 62 Stufen rauf bis zu Augustus. Sie klingelt ein paar Mal, aber niemand öffnet. Da hört sie ein Poltern auf der Treppe. Augustus kommt hoch, er schleppt eine schwere Einkaufstasche. Vor der Tür stellt er sie ab.

»Ick muss noch Lina raufholen«, schnauft er und läuft die Treppe wieder hinunter.

Juli hilft ihm, die Einkäufe in die Wohnung zu tragen, Lina wird in einen Kinderstuhl gesetzt. »Ist deine Mutter wieder krank?«, flüstert Juli.

»So 'n Quatsch!«, sagt Augustus laut und fast böse. »Sie arbeitet heute im Supermarkt, und weil in der Krippe Ferien sind, muss ich auf Lina aufpassen, det is allet.«

So kommt es, dass sie zu viert in den Zoo gehen. Julis Mutter schiebt den Kinderwagen mit Lina darin, und Juli und Augustus laufen begeistert von Käfig zu Käfig.

Vor dem Freigehege der Paviane guckt Juli auf ihre Uhr.

»Das mit den zehn Minuten stimmt ja gar nicht«, sagt sie. »Von uns bis zu den Affen dauert es genau ... 24 Minuten.«

»Und wo war man in Küblingen nach 24 Minuten?«

»Im Wald«, sagt Juli.

»Oder am Schlachthof!«, triumphiert die Mutter.

Juli steigen Tränen in die Augen. Das war ihr heimlicher Kummer gewesen: Der Küblinger Schlachthof. Sie hatte immer einen großen Bogen um ihn gemacht, aber natürlich sah sie die Viehtransporter ankommen mit Kühen, Schweinen und blökenden Kälbern. Und sie sah die mit Würsten und einem lachenden Schweinekopf bemalten Lieferwagen wieder abfahren. An das, was dazwischen passierte, konnte Juli nicht denken, ohne zu weinen. Eine Zeit lang hatte sie sogar auf die geliebten Kalbfleischwürstchen zum Abendbrot verzichtet, bis Opa ihr klarmachte, dass nicht ein einziges Tier länger am Leben blieb, weil sie keine Wurst aß.

»Ey, wat machst'n für 'n Gesicht? Jefällt's dir hier nich?«

»Natürlich gefällt's ihr hier!«, sagt Julis Mutter schnell. »Und dir? Du warst bestimmt schon ganz oft im Zoo.«

»Nee, erst einmal, mit der Klasse, und das war saublöd, weil wir die meiste Zeit hier bei den Pavianen stehen und uns irgendwat bekieken sollten.«

»Was denn ›bekieken‹?« Augustus' schnellem Wechsel zwischen Berlinerisch und Hochdeutsch kann Juli nicht immer folgen.

»Na, beobachten eben. Wie die so leben. Fast wie die Menschen. Da gibt's einen Oberboss, den großen dahinten mit dem dicken roten Hintern, der hat ganz viele Weibchen, und die befruchtet er dauernd. Guck mal, jetzt macht er's grad wieder.«

»Wollen wir nicht lieber ins Raubtierhaus?«, fragt

Julis Mutter und gibt dem Kinderwagen einen energischen Schubs in die andere Richtung.

Im Raubtierhaus stinkt es. Juli wird ganz schwindlig. Aber Augustus schnüffelt und zieht die Luft durch die Nase ein:

»Hm, ich rieche Löwen und Tiger und Leoparden!«

Augustus liebt die Löwen. »Achtung! Löwe spritzt durchs Gitter!«, liest er Juli vor.

»Was macht der?«

»Na, er pinkelt dich an!«

Juli tritt ängstlich einen Schritt zurück.

Augustus lacht.

Er ist überhaupt sehr vergnügt heute. Am Pinguinbecken hebt er Lina hoch, damit sie sehen kann, wie die Pinguine ins Wasser springen und nach den silbernen Fischen tauchen, die auf dem Grund des Beckens liegen.

»Wenn ick Pinguin wäre, würde ich keene toten Fische fangen wollen«, sagt Augustus. »Die Schlangen kriegen ihre Mäuse doch auch lebendig.«

»Schlangen?«, fragt Juli ängstlich.

»Die sind drüben im Aquarium, da wo der große Dinosaurier steht. Da kannste auch Krokodile sehen und Vogelspinnen.«

»Das heben wir uns für das nächste Mal auf«, sagt

Julis Mutter, und das ist Juli nur recht. Schlangen, die lebende Mäuse verschlucken, möchte sie sich nicht angucken.

Im Streichelzoo fühlt sie sich dann fast wie daheim, da gibt es Enten und Gänse, Ziegen und Schafe, die man anfassen und füttern kann. Augustus zuckt jedes Mal zusammen, wenn ein Schaf beim Füttern nach seiner Hand schnappt.

Juli krault eine dicke braune Ziege am Kinnbart. »Mein Opa hatte auch eine Ziege«, erzählt sie, »als ich ein Baby war, war sie noch ein Zicklein. Ich hab mit ihr gespielt und später, als sie alt genug war, hat meine Oma sie gemolken. Wir haben Ziegenmilch getrunken und Ziegenkäse gemacht.«

»Ziegenmilch, brrr!« Augustus schüttelt sich. Aber ein bisschen neidisch ist er auch, er hat nie ein Tier gehabt. »Der Pollke hat's verboten.«

Juli nickt.

»Das ist vielleicht 'n Weihnachtsmann«, sagt Augustus.

»Weihnachtsmann schreibt man übrigens mit ›h‹«, sagt Juli und grinst.

Augustus grinst zurück.

Auf dem Rückweg schläft Lina ein. Julis Mutter trägt sie die Treppe hoch bis zur Wohnungstür von Lehmanns.

Augustus schließt auf und streckt die Arme nach Lina aus.

»Lass nur, ich lege sie am besten gleich in ihr Bettchen«, sagt Julis Mutter.

»Nein!«, ruft Augustus und drückt Lina fest an sich, dann sagt er schnell »Danke!« und knallt die Tür zu.

»Der Junge ist doch noch viel zu klein, um sich um ein Baby zu kümmern«, sagt Julis Mutter besorgt. »Kennst du seine Mutter?«

»Hmm«, macht Juli vage.

»Wo ist sie denn?«

»Sie arbeitet, glaub ich.«

»Und der Vater?«

»Na, der arbeitet auch!«, behauptet Juli einfach. Vielleicht stimmt es ja sogar.

»Ich werde heute Abend mal zu Augustus' Mutter rüber gehen und mich vorstellen. Wenn sie möchte, könnte ich ja auch ab und zu auf Lina aufpassen, schließlich sind wir Nachbarn.«

Juli erschrickt. Was ist, wenn Frau Lehmann heute Abend wieder so komisch ist wie neulich? Ihrer Mutter wird das bestimmt nicht gefallen, sie wird es dem Vater erzählen und der ... Juli hört ihn schon sagen: »Des isch doch net normal!«

Und von Menschen, die nicht ganz normal sind, hält man sich besser fern. Aber Juli will sich nicht fern halten, nicht von Augustus!

Beim Mittagessen ist sie sehr schweigsam, obwohl ihre Mutter Eierkuchen gemacht hat.

»Bei Oma schmecken sie besser, stimmt's?«

»Die sind schon in Ordnung«, sagt Juli höflich.

»Ich weiß auch nicht, warum sie bei mir immer so dick und wabbelig werden und nicht dünn und knusprig.«

Juli schluckt einen zähen Brocken hinunter. »Du musst mehr Eier nehmen und nicht so viel Mehl und nach dem Rühren musst du den Teig stehen lassen.«

Die Mutter sieht Juli erstaunt an: »Du scheinst ja sogar was Vernünftiges von deiner Oma gelernt zu haben.«

»Na klar. Oma ist nämlich gar nicht blöd!«, platzt Juli heraus.

»Das hab ich doch auch nie gesagt, Mäuschen.«

»Aber gedacht!«

»Ach wo …« Die Mutter steht auf und trägt ihren Teller zur Spüle. Dann dreht sie sich zu Juli um.

»Du hast ja Recht. Gedacht habe ich es manchmal … wenn ich wütend war auf Oma.«

»Aber warum warst du wütend?«, fragt Juli. »Sie hat doch alles gemacht.«

»Eben. Ich habe mich oft überflüssig gefühlt. Ich durfte ja noch nicht mal kochen für euch.«

»Hat Oma es denn verboten?«

»Nein, natürlich nicht. Aber sie stand jedes Mal daneben und hat mir erzählt, dass der ›Bub‹, also Papa, keine Kapern mag, und dass Spätzle gefälligst vom Brett geschabt werden müssen. Und da hab ich bald keine Lust mehr gehabt.«

Das kann Juli gut verstehen, und obwohl sie längst satt ist, isst sie noch ein Stück von ihrem Eierkuchen.

»So dick sind sie auch ganz lecker«, sagt sie mit vollem Mund.

Die Mutter kommt und streicht ihr über die Haare.

»Ich werde es schon noch lernen, wenn du mir dabei hilfst, ja?«

Juli nickt.

»Papa, du und ich, wir werden es uns richtig schön machen, nur wir drei, unsere kleine Familie!«

Die Mutter nimmt Juli in den Arm und küsst sie. Ein Teigspritzer klebt an ihrem Ohr, Juli wischt ihn ab.

»Was willst'n du schon wieder?«, fragt Augustus nicht sehr freundlich, als Juli am Nachmittag bei ihm vor der Tür steht.

»Hier!« Sie streckt ihm den Apfel vom Weihnachtsmarkt entgegen, an dessen roter Zuckerhaut noch Papierfetzen von der Serviette kleben.

»Der ist für dich. Den hab ich gestern vergessen, aber er ist bestimmt noch gut.«

»Na, dann komm schon rein.« Augustus geht voraus in die Küche und legt den Apfel vorsichtig auf einen Teller.

Juli sieht, dass aufgeräumt ist. Augustus wäscht ab. Juli hat noch nie abgewaschen, jedenfalls nicht richtig, nur ihr Puppengeschirr. Augustus schrubbt mit Hingabe einen Topf.

Juli gibt sich einen Ruck. »Du, meine Mutter will heute Abend mit deiner Mutter reden.«

Der Topf fällt ins Wasser. Es spritzt. Augustus dreht sich zu Juli um, er ist so blass, dass man seine Sommersprossen nicht mehr sieht. »Himmel, Arsch und … warum denn?«

»Sie will nur fragen, ob sie auf Lina aufpassen kann, wenn deine Mutter arbeiten muss.«

Augustus zieht den Topf aus dem Wasser. »Ich schaff das schon allein, sag ihr das, hörst du!«

Als ob Erwachsene sich von Kindern etwas sagen ließen. Juli zuckt hilflos mit den Schultern.

»Ich kann doch auch nichts dafür«, murmelt sie.

Augustus setzt sich an den Tisch und pult die Papierfitzel von dem kandierten Apfel.

»Wenn meine Mutter nachher von der Arbeit kommt, ist sie sehr müde, sie legt sich bestimmt gleich hin und dann darf man sie nicht stören. Niemand darf sie dann stören.«

Juli schweigt.

Nach einer langen Pause spricht Augustus stockend weiter: »Manchmal … ist sie so müde, dass sie … ein Glas Sekt trinken muss, um wieder wach zu werden. ›Das ist gut für den Kreislauf‹, sagt sie immer, aber hinterher ist die Flasche leer, und ihr Kreislauf ist total im Arsch.« Augustus sieht Juli trotzig an. Sie hält seinem Blick stand. Sie spürt, dass sie jetzt nicht weggucken darf.

»Dann sagt sie manchmal Sachen, die gar nich stimmen …«

»Ja?«

»Na, wie neulich das mit dem Weihnachtsbaum und dem lila Tisch …«

Augustus' Lippen zittern leicht, er legt den Kopf auf die Tischplatte.

Der grässliche Pollke hat also doch Recht gehabt, denkt Juli und ihr wird ganz kalt innen drin. Was soll sie nur tun? Am liebsten möchte sie weglaufen, raus

aus dieser fremden Wohnung und nach Hause. Aber wo ist das?

Sie stellt sich neben Augustus und streicht ihm über die Schultern, die spitz und knochig sind.

»Ich sage meiner Mutter einfach, ich habe mit deiner Mutter gesprochen, und sie bedankt sich, und dass sie morgen gar nicht arbeiten muss.«

Augustus hebt den Kopf und sieht Juli dankbar an. »Sie kommt morgen wirklich früher … und es ist ja auch nicht immer so schlimm …«

Da ertönt das Quaken des Babys. »Lina ist aufgewacht, ich muss sie wickeln.«

Augustus steht auf und wischt sich die Augen. An der Tür sagt er zu Juli: »Morgen Nachmittag, alte Zeit, gleiche Stelle?«

Juli nickt. Als sie schon halb die Treppe runter ist, ruft Augustus ihr nach: »Und vielen Dank für den Liebesapfel!«

• ♥ •

Augustus schließt die Tür. *Liebesapfel!* Das hätte er vielleicht nicht sagen sollen, nachher bildet sich Juli noch was ein. Aber die Dinger heißen nun mal so, kann er auch nichts dafür. Er holt Lina aus dem Gitterbett und legt sie auf den Teppich.

»Strampel nicht so!«

Lina guckt ihn mit großen blauen Augen an. Sie hat die gleichen Augen wie Mutsch, auch deren Nase und Ohren. Und Augustus?

Ganz der Vater! hat es immer geheißen, aber nur, solange sein Vater noch da war. Jetzt spricht niemand mehr von ihm, als ob er tot wäre. Aber das ist er nicht. Er ist sogar ziemlich lebendig.

Er hat ihn gesehen. Das war in der Woche vor Weihnachten. Am langen Samstag hatte sich Augustus wie so oft in der Spielzeugabteilung des Kaufhauses herumgedrückt und die neuesten Computerspiele ausprobiert. Fast hätte er seinen Vater nicht gesehen, denn der war halb verdeckt durch einen riesigen Plüschlöwen in seinem Arm. Am anderen Arm des Vaters hing eine junge Frau, die den Löwen am Schwanz zog und fürchterlich kicherte.

Die beiden gingen zur Kasse, und der Vater bezahlte den Löwen. Bestimmt ein Weihnachtsgeschenk, aber für wen? Sicher nicht für Augustus, der ist für so was zu alt. Der Löwe konnte also nur für Lina sein.

Am Heiligabend war Augustus dann sehr aufgeregt gewesen, nicht etwa wegen der Geschenke. Da war keine Überraschung zu erwarten, aber bestimmt würde es klingeln, vor der Tür stünde sein Vater, den Löwen im Arm, mit einem Blumenstrauß für Mutsch, und natürlich bekäme auch Augustus ein Geschenk.

Alles würde gut werden.

Aber es klingelte nicht.

Den Löwen muss wohl jemand anderes bekommen haben.

Er hat seiner Mutter nichts davon erzählt. Ob er es Juli erzählen könnte?

Augustus klebt die neue Windel zu.

»Himmel, Arsch und Zwirn!« Schon wieder ist der Klebestreifen abgerissen.

»Wird höchste Zeit, dass du auf den Topf gehst, Lina.« Augustus kitzelt das Baby an den Fußsohlen. Lina juchzt.

Er hat diesem Mädchen vielleicht schon viel zu viel erzählt. Aber er bereut es nicht. Jetzt, wo er es zum ersten Mal ausgesprochen hat, das schreckliche Geheimnis, fühlt er sich leichter. Der Kloß in seinem Magen scheint nicht mehr ganz so dick zu sein.

Wie lange kennt er Juli? Es war der erste Weihnachtsfeiertag, als sie da im Treppenhaus hockte, mit ihrem Plätzchenteller, und er noch dachte, sie sei ein Junge. Das ist erst vier Tage her. In drei Tagen ist Silvester. Augustus schluckt. Er hat sich geirrt, der Kloß ist nicht kleiner geworden, er ist nur in den Hals gerutscht.

5. *Kapitel:* **Freitag**

Es ist elf Uhr vormittags. Juli und ihre Mutter kommen vom Einkaufen. Als Juli die schwere Haustür aufstößt, quillt ihnen Rauch und ein beißender Geruch entgegen. Zerfetztes Papier liegt auf dem frisch gebohnerten Boden.

»Da kann es wohl jemand nicht abwarten.« Die Mutter rümpft die Nase. Jetzt zischt etwas Grünes zwischen Julis Beinen hindurch, dreht sich rasend schnell und zerplatzt mit lautem Knall.

Juli hält sich an der Mutter fest, die schlägt schnell die Haustür zu.

Stiefel poltern die Treppe runter.

»Wenn ick diese Bengel erwische!«, schimpft Herr Pollke und reißt die Tür wieder auf.

»Ick knall euch ooch gleich mal'n paar!«, ruft er zur Straße hinaus. Ein pfeifender Heulton kommt als Antwort.

»Jedet Jahr dat gleiche!«, sagte Herr Pollke zu Julis

Mutter. »Kaum jibt's Kracher zu koofen, is die Hölle los. Unsere Lady frisst vor Angst schon nüscht mehr.«

»Lady?«, fragt die Mutter.

»Unsere Katze, reinrassiger Perser, rauchblau«, erklärt Herr Pollke stolz.

»Und warum dürfen wir keine Tiere haben?«, platzt Juli heraus.

»Mein liebet Kind«, der Hausbesitzer baut sich breitbeinig vor Juli auf, »du denkst vielleicht, der ist blöd, der Pollke, verbietet seinen Mietern Haustiere zu halten und hat selbst 'n Vieh, aber leider, leider ...«, er verdreht die Augen himmelwärts und spricht sehr salbungsvoll, »nicht alle Menschen gehen verantwortungsbewusst mit ihren Tieren um, sie lassen sie verwahrlosen, geben ihnen nicht genug zu fressen ...«

»Ich habe Felix jeden Tag gefüttert!«, unterbricht ihn Juli.

»Wat'n für 'n Felix?«

»Das ist der Kater meiner Schwiegereltern«, sagt Julis Mutter.

»Ach so ...« Der Hausbesitzer scheint beruhigt, dann blafft er wieder los. »Ick sage Ihnen gleich: Ausnahmen kann ick nich machen, wo kämen wir da hin!« Im Verschwörerton fügt er hinzu: »Manche sind ja noch nich mal fähig, sich um ihre eigene Brut zu kümmern. Bestimmt war das wieder der Bengel von der Schlampe da drüben, der hier rumgeknallt hat.«

»Wen meinen Sie?«, fragt die Mutter erstaunt.

Juli weiß genau, wer gemeint ist, und sie weiß auch genau, dass es Augustus nicht gewesen sein kann, denn der muss um diese Zeit auf Lina aufpassen und abwaschen und Windeln wechseln und wer weiß, was noch.

»Mama, ich muss mal!«, sagt Juli und tritt von einem Bein aufs andere.

»Na denn mal hopp, kleenet Frollein, damit nix in die Büx geht«, sagt Herr Pollke und kneift Juli in die Backe.

»Aua!«, ruft Juli und sieht ihn böse an.

»Na, na, wirst doch wohl noch Spaß verstehn, wa?« Er lacht und zeigt dabei sein gelbes Gebiss.

Juli zieht die Mutter hinter sich her über den Hof in den Seitenflügel. »Der ist einfach obergrässlich und außerdem hat er verfaulte Zähne!«

»Nicht so laut, Juliane, bitte«, sagt die Mutter. »Ausgesprochen nett finde ich ihn ja auch nicht, aber immerhin ... er hat uns die Wohnung vermietet. Weißt du, wie schwer es ist, in Berlin eine Wohnung zu finden? Papa hat sich die Füße wund gelaufen, ohne Erfolg, bis dann ...« Die Mutter bricht ab.

»Bis was?«

»Ein Arbeitskollege von Papa hatte einen Onkel, der hat in unserer Wohnung gewohnt.«

»Und wo ist er jetzt?«

Julis Mutter räuspert sich. »Er ist gestorben, aber er war auch schon lange krank.«

»In unserer Wohnung? Ist er in unserer Wohnung gestorben?«

»Nein, mein Mäuschen, natürlich nicht. Im Krankenhaus.«

Sie sind im vierten Stock angekommen, und die Mutter schließt die Tür auf.

»Papa ist gleich zu Herrn Pollke gegangen und hat gesagt, dass wir dringend eine Wohnung brauchen.«

»Und dann hat er sie bekommen«, sagt Juli befriedigt.

»So einfach war das nicht, denn eigentlich wollte der Pollke ja ein kinderloses Ehepaar, aber Papa hat ihn überredet, uns zu nehmen. Er hat gesagt, dass du ein ganz liebes, ruhiges Mädchen bist, das keine Dummheiten macht.«

»Bin ich nicht!«

»Vielleicht nicht immer ruhig, aber lieb bist du doch, nicht wahr?« Die Mutter hilft Juli aus der Jacke.

»Wenn man lieb ist, muss man dann zu jedem lieb sein?«, fragt Juli.

»Wie meinst du das?«

»Na, es kann doch sein, dass ich zu jemandem böse sein muss, bloß weil ich zu jemand anderem lieb sein will.«

Die Mutter hängt ihren Mantel an die Garderobe, dann sieht sie Juli forschend an.

»Wenn du ein Problem hast, Mäuschen, dann musst du es mir sagen, hörst du? Du weißt doch, du kannst ...«

»Ja, Mama, ich weiß. Aber wie ist das jetzt mit dem Liebsein?«

Juli folgt der Mutter in die Küche und sieht zu, wie sie die Einkaufstasche auspackt.

»Das ist sehr kompliziert, und vielleicht bist du auch noch ...«

»Nein, ich bin nicht zu klein. Wenn du es mir richtig erklärst, verstehe ich es auch.«

Die Mutter stellt die Milchflaschen in den Eisschrank.

»Schlimm ist es, wenn man zu jemandem böse sein muss, den man eigentlich lieb hat.«

Jetzt öffnet die Mutter die Speisekammer und leert einen Beutel Zwiebeln in einen Korb. Juli wartet darauf, dass sie weiterspricht.

»Papa wollte nicht nach Berlin. Er wollte in Küblingen bleiben oder wenigstens in der Nähe seiner Eltern. Aber ich wollte weg. Ich wollte endlich mit euch allein sein und vor allem zurück nach Berlin.« Die Mutter schließt die Speisekammertür und dreht sich zu Juli um. »Und weil Papa mich lieb hat, sind wir jetzt hier, aber ...«

»... Opa und Oma sind traurig«, vollendet Juli den Satz. Das »und ich auch« denkt sie nur.

»Das hab ich gemeint. Um zu mir lieb zu sein, musste Papa zwei Menschen, die er auch sehr lieb hat, weh tun.«

Die Mutter drückt Juli fest an sich.

»Ach, Mäuschen, ich hoffe so sehr, dass er es nicht bereut!«

Später dann, beim Mittagessen, sagt sie: »Wenn die Mutter von deinem Freund Augustus heute zu Haus ist, gehe ich gleich mal rüber und bringe ihr ein paar Pröbchen aus meiner Kollektion.«

Mutters »Pröbchen«, das sind winzigkleine Lippenstifte, Glasröhrchen mit Parfüm und Cremetöpfchen. Julis Mutter verteilt sie an Freunde und Bekannte, an ihre »Kunden«, wie sie sagt, und dann wollen die bei ihr richtige Lippenstifte und große Parfümflaschen kaufen, und die Mutter bestellt alles bei einer Firma und kriegt Prozente. Aber hier in Berlin hat sie noch keine Kunden gefunden und muss die teure Antifaltencreme selbst benutzen, damit die in der Kosmetikfirma nicht merken, dass sie nichts verkauft.

»Die Mutter von Augustus schmiert sich nichts ins Gesicht!«, sagt Juli.

»Mag ja sein, aber Shampoo wird sie doch benutzen und Seife, und bestimmt gefällt ihr auch der eine oder andere Lippenstift, wenn ich ihn ihr erst mal zeige.«

Juli denkt fieberhaft nach. »Ich glaub, sie ist heute nicht da, sie ist mit Lina bei ... beim Arzt«, sagt sie schnell.

»Was fehlt dem Baby denn?«, fragt die Mutter besorgt.

»Nichts Schlimmes, nur so eben.«

»Vielleicht muss Lina geimpft werden.«

»Genau, sie wird geimpft gegen Schnupfen.« Juli atmet auf.

Die Mutter lacht: »Das wäre prima, wenn es dagegen ein Mittel gäbe. Na, dann versuch ich's eben später und gehe erst mal rüber zu Frau Pollke. Die sieht nämlich ganz so aus, als ob sie sich jede Menge Zeug ins Gesicht schmiert.«

Kurz vor drei verlässt die Mutter mit frisch gewaschenen Haaren und ihrem roten Köfferchen die Wohnung.

Juli wartet, bis ihre Schritte im Treppenhaus verklungen sind, dann zieht sie die Wohnungstür hinter sich zu, geht zweimal sieben Stufen hoch und setzt sich oben vor der Bodentür neben die Geranienkästen.

Seit ich Augustus kenne, muss ich dauernd lügen, denkt Juli, dabei hab ich überhaupt nichts angestellt. Es macht ihr nichts aus, Leute wie Herrn Pollke anzuschwindeln. Schließlich ist das ein ganz gemeiner Mensch. Verbietet Hunde und Katzen und hat dann einen ›rauchblauen Perser‹. Juli hat noch nie eine blaue Katze gesehen.

Quietschend öffnet sich die Bodentür, Augustus steckt den Kopf raus. »Komm, ich zeig dir was.«

Juli folgt ihm auf den Boden. Durch die Dachluken fällt noch etwas Tageslicht, und Juli sieht, dass es hier oben nichts zum Gruseln gibt. Nur einen alten Schrank, ein paar Holzkisten und Wäscheleinen, die sich von Balken zu Balken ziehen.

Augustus geht um den Schrank herum und zeigt in eine Nische unter der Dachschräge. Da liegt eine Matratze, darauf eine karierte Decke. Davor steht eine umgestülpte Kiste.

»Du kannst dich ruhig hinsetzen«, sagt Augustus mit einer einladenden Geste. Auf der Kiste stehen zwei Gläser, eine Flasche Saft und ein Teller mit Spekulatius.

»Gekaufte, die sind natürlich nicht so gut wie die von deiner Oma.«

Natürlich nicht, aber weil sie nett sein will, nimmt Juli einen. Und jetzt? Worüber soll sie mit Augustus bloß reden?

»Der blöde Pollke hat mich vorhin in die Backe gekniffen.«

»Ich sag ja, dass das 'n Weihnachtsmann ist.«

»Aber der Weihnachtsmann ist doch nett!«

»Der Weihnachtsmann ist gar nichts, weil es ihn überhaupt nicht gibt. Nur Babys glauben an den Weihnachtsmann.«

»Ich glaub ja in echt auch nicht an ihn«, sagt Juli etwas gekränkt, »aber wenn es ihn vielleicht doch gibt, ist er bestimmt netter als der blöde Pollke.«

»Wenn das Wörtchen wenn nicht wär ...«

»... wär mein Vater Millionär.«

Beide sehen sich an und lachen. Bei Augustus lacht nur der Mund, die Augen lachen nicht mit. Ob er jetzt an seinen Vater denkt? Juli wüsste so gern mehr über ihn, aber sie traut sich nicht zu fragen. Warum fällt ihr bloß nichts Lustiges ein?

Augustus reibt eines der Gläser mit dem Ärmel seines Pullis aus, dann gießt er Saft hinein, seine Hand zittert etwas, er kleckert. »Himmel, Arsch und Zwirn«, murmelt er.

»Warum sagst'n du das immer, was bedeutet das?«, fragt Juli. Augustus lehnt sich auf der Matratze zurück und kaut Spekulatius. »Das ist bloß 'n Fluch, der bedeutet nix. Hat mein Vater immer gesagt, wenn er sauer war.«

»War er oft sauer?«

»Ja«, sagt Augustus knapp, dann grinst er. »Sogar meinen Namen hab ich, weil er sauer war.«

Juli sieht ihn verständnislos an.

»Als ich geboren wurde, ist mein Vater ins Krankenhaus gekommen, ohne Blumen oder Schokolade, einfach so, wie er war, mit schmutzigen Schuhen, weil er damals auf'm Bau gearbeitet hat. Meine Mutter hat gejammert, von wegen schwere Geburt und warum er nich früher gekommen is, mein Vater wurde sauer. Und als die Schwester ihn gefragt hat, wie ich heißen soll, hat er einfach gesagt ›Augustus‹. 'ne Tante von ihm, die meine Mutter nicht leiden konnte, heißt nämlich Auguste. So war das.«

Augustus trinkt das Glas in einem Zug leer. »Und dein Vater, ist der nie sauer?«, fragt er.

Juli überlegt. Richtig sauer ist ihr Vater selten, vor allem nicht auf Juli. Aber wenn er mal sauer ist, möchte Juli sich am liebsten verstecken.

»Der redet so ulkig«, sagt Augustus.

»Das ist nicht ulkig, das ist schwäbisch, so reden alle bei uns in Küblingen.«

»Aber du nicht.«

Juli nimmt noch einen Keks. »Meine Mama wollte das nicht. Ich soll richtig deutsch sprechen, hat sie gesagt, und es heißt nicht ›der Butter‹, und ›ich bin größer als wie du‹ auch nicht.«

»Ey, das find ich aber praktisch mit dem ›als wie‹, eins von beiden stimmt doch immer.«

»Findet mein Opa ja auch. Er sagt, Schwäbisch ist nicht falsches Deutsch, sondern ein Dialekt, und ein Dialekt ist Kultur, und dann gab's jedes Mal Streit.«

»Meine Mutter meint auch, ich soll nich so berlinern, das klingt ordinär.«

»Ordinär?«

»Na, nur arme Leute reden so.«

»Aber der Pollke berlinert auch, und der ist nicht arm, dem gehört doch das Haus«, sagte Juli.

»Haste ooch wieder Recht.« Augustus setzt die Flasche an den Mund.

»An Durscht han i an!« Juli hält ihm ihr Glas hin.

»Hä?« Augustus macht ein dummes Gesicht, dann versteht er.

»Mensch, sag das doch gleich.« Er gießt ihr ein.

»Mit meinen Großeltern hab ich oft schwäbisch geredet, das ist viel gemütlicher als Hochdeutsch.« Juli seufzt.

»Stimmt, dein Vater sieht auch irgendwie gemütlich aus«, meint Augustus, »als ob man mit ihm Blödsinn machen kann, ohne dass er gleich schimpft.«

Juli nickt heftig, ihr wird vor Freude ganz warm im Bauch. Sie möchte Augustus gern auch etwas Nettes sagen, bloß was?

»Deinen Namen finde ich aber nicht schlimm, der ist doch lustig.«

Augustus stöhnt: »Nicht nur du! Den finden alle lustig, zum Brüllen! Weißt du, wie die in der Schule zu mir sagen?«

Juli schüttelt den Kopf.

»Dummer August!«

»Aber du bist nicht dumm!«

»Frag mal meine Lehrerin, die is da andrer Meinung.«

»In welche Klasse gehst du denn?«, fragt Juli.

»In die vierte ...«, leise fügt er hinzu, »... zum zweiten Mal.«

»Aber ich komme ja auch in die vierte!«, ruft Juli begeistert. Augustus teilt ihre Begeisterung nicht. »Wenn du erst merkst, wie doof mich die andern finden, willst du bestimmt nichts mehr mit mir zu tun haben.«

»Mit dir will ich immer was zu tun haben!«, sagt Juli feierlich.

»Versprochen?«

»Versprochen!«

»Heiliges Ehrenwort?«

»Heiliges Ehrenwort!«

Augustus legt den Kopf schief und mustert Juli so lange, bis sie verlegen wegguckt. Dann zieht er ein kleines Päckchen aus der Hosentasche und hält es ihr hin.

Juli packt es aus. Zum Vorschein kommt eine rote Plastikkapsel, als sie die öffnet, fällt eine Muschel heraus, eine Herzmuschel.

»Die musst du ins Wasser legen, dann passiert was.«

Juli dreht die Muschel hin und her. Die beiden Muschelschalen verschließt ein Papierstreifen mit merkwürdigen Zeichen darauf.

»Das ist echt chinesisch«, sagt Augustus.

»Was passiert denn mit der Muschel?«, will Juli wissen.

»Das verrat ich nicht, wirst schon sehen … und überhaupt, ich muss wieder runter.« Augustus steht auf. »Kannst ruhig noch hier bleiben, wenn du magst.«

Allein auf dem Boden? Niemals. Es wird immer dunkler, und Juli merkt erst jetzt, wie kalt es hier oben ist. Eine der Dachluken steht ein Stück auf, und es zieht herein.

»Sag mal, wo warst du denn die ganze Zeit?«

Juli weiß sofort, ihre Mutter hat sich über irgendetwas geärgert. Dass sie mit Augustus auf dem Dachboden war, erzählt sie jetzt lieber nicht.

»Drüben, bei Augustus, wir haben Saft getrunken und … Memory gespielt.«

Das Schwindeln geht nun immer leichter, und das

ist fast schlimmer als das Schwindeln selbst. Die Mutter hat nichts bemerkt. Böse starrt sie auf den Spiegel, der immer noch im Flur steht.

»Also wenn Papa den nicht noch vor Silvester anmacht, dann ...«

»Dann?«, fragt Juli ganz unschuldig.

»Ach, dann weiß ich auch nicht, komm endlich rein, es wird kalt.«

»Hast du ein großes Glas für mich?«, fragt Juli.

»Guck mal im Küchenschrank nach, rechts.«

Juli holt eine Glaskugel heraus und füllt sie mit Wasser.

»Pass auf mit der guten Vase«, sagt die Mutter und nimmt sie Juli aus der Hand.

»Diese Frau Pollke ist ja noch schlimmer als ihr Mann!«, schimpft sie. »Alles hat sie sich zeigen lassen. Hiervon wollte sie 'ne Probe und davon. Jeden Lippenstift hat sie ausprobiert, jedes Parfüm! Die stank zum Schluß wie ein Wiedehopf, aber bestellt hat sie nichts!«

Die Mutter setzt sich auf einen Stuhl. Juli lässt vorsichtig die Muschel ins Wasser gleiten.

»Weißt du, was sie gesagt hat? ›Liebe Frau Häberer, das ist ja alles ganz hübsch, aber ich glaube, ich bleibe doch bei Christian Dior‹.« Ganz spitz wird der Mund der Mutter bei diesem Namen.

»Bei wem bleibt sie?«

»Dior ist so ’n Modefritze, sündhaft teuer.« Julis Mutter schlägt mit der Hand auf die Tischplatte, dass das Wasser in der Vase fast überschwappt. »Ich hör auf! Ich hab’s satt!«

»Was hast du satt?«, fragt Juli und beobachtet gespannt die Muschel.

»Na dieses ewige Rumgerenne und Gelächle und Komplimentemachen: Diese Farbe passt wirklich wunderbar zu Ihren Augen und …«

»… diese Creme wunderbar zu Ihren Falten!«, flötet Juli mit der gleichen Säuselstimme und klappt dabei die Augendeckel auf und zu.

Die Mutter lacht.

»Ach, Mäuschen, du hast so Recht. In Küblingen war das einfacher. Da hat sich schnell rumgesprochen, dass ich Kosmetik verkaufe. Für die meisten war das ja auch sehr praktisch, dass ich ihnen alles gebracht habe. Hier ist an jeder Ecke eine Drogerie oder ein Kaufhaus, wo sie dir das Zeug hinterherschmeißen.«

»Aber was willst du tun?«, fragt Juli.

»Mal sehen.«

»Im Supermarkt arbeiten?«

»Wie kommst du denn darauf? Nein, bloß nicht.«

»Dann machst du eben einfach nichts«, sagt Juli fröhlich.

»Schön wär's, Mäuschen, aber arbeiten muss ich. Weißt du, was die Miete kostet? Papa verdient hier zwar mehr als in Küblingen, aber dafür ist in Berlin auch alles doppelt so teuer.«

Sie öffnet ihr rotes Köfferchen, nimmt Lippenstifte heraus, dreht sie aus der Hülse, streicht damit über ihren Handrücken und schraubt sie wieder zu.

»Der war ihr nicht rot und der nicht rosa genug, und unser ›Rouge infame‹ sei blaustichig, hat sie gesagt. Die ist ja farbenblind!«

Die Mutter klappt den Koffer zu.

»So einen Computerkurs möcht ich gern machen. Dann könnte ich mir so 'n Ding hinstellen und alles Mögliche drauf schreiben. Gesucht wird so was immer, und ich müsste auch nicht weg. Aber das kostet erst mal einen Haufen Geld.«

Ein Schlüssel dreht sich im Schloss.

»Das ist Papa, sag ihm nichts von der Sache mit der Pollke und von dem Computerkurs erst recht nichts, hörst du?«

Juli nickt und ist doch mit ihren Gedanken ganz woanders. Sie hält die Vase hoch und betrachtet die Muschel von unten. Es tut sich nichts.

Auch nach dem Abendbrot liegt die Muschel unverändert auf dem Grund der Vase.

Juli stellt die Glaskugel auf ihren Nachttisch, neben den hölzernen Engel von der alten Frau. Öffnen sich die Muschelschalen nicht einen ganz kleinen Spalt? Vielleicht sollte sie ihre Schere holen, den Papierstreifen durchschneiden und die Muschelschalen einfach aufbrechen? Aber sie ist viel zu müde, um noch einmal aufzustehen …

• ♥ •

Augustus steht am Fenster seines Zimmers. Bei Juli oben brennt noch Licht. Jetzt sieht er Julis Mutter ans Fenster treten und die Vorhänge zuziehen. Dann wird alles dunkel.

Aus dem Gitterbett neben der Tür kommen Schnaufer und ab und zu ein Röcheln. Lina hat noch immer Schnupfen. Augustus wischt ihr mit einem Taschentuch den Rotz von der Nase. Dann deckt er sie zu und knipst die kleine Marienkäferlampe über ihrem Bett an.

»Augustus, was machst du noch?«, ruft seine Mutter aus dem Wohnzimmer. »Komm, der Krimi fängt an.«

Er setzt sich zu seiner Mutter aufs Sofa. Auf dem Tisch steht eine Flasche Rotwein. Sie ist zur Hälfte leer.

Auf dem Bildschirm wälzt sich ein Paar nackt im Bett. Augustus drückt schnell auf die Knöpfe der

Fernbedienung. Eine Talkshow, Werbung, Fußball.

»Seit wann interessierst du dich für Fußball?«, fragt seine Mutter.

Augustus zuckt nur mit den Achseln.

»Ich dachte, wir wollten den Krimi sehen.« Seine Mutter schenkt sich ein Glas ein.

»Wie dein Vater! Der hat auch immer ...«

Schnell schaltet Augustus zurück auf das Programm mit dem Paar im Bett. Vor dem Bett steht inzwischen ein Mann mit einer Pistole in der Hand.

Die Mutter trinkt einen Schluck und stellt das Glas hin. Nimmt es wieder hoch und setzt es noch einmal an die Lippen.

»Jetzt guck doch nicht so!«, herrscht sie Augustus an. »Kann ich noch nicht mal in Ruhe ein Glas Rotwein trinken? Was meinst du, was ich für einen Tag gehabt habe!« Sie leert das Glas mit einem Zug.

»17 Euro haben heute bei mir gefehlt, das zieht mir der Scheißkerl von einem Filialleiter glatt wieder vom Lohn ab!«

Augustus starrt auf den Bildschirm, ohne etwas zu sehen.

»Hätt ich mir ja auch nicht träumen lassen, mal an der Kasse von 'nem Supermarkt zu enden.«

Ihre Stimme wird weinerlich. »Wozu hab ich Abitur? Kannst du mir das mal sagen?«

»Such dir doch was anderes.«

»Such dir doch was anderes! Na prima!« Die Mutter lacht auf. Sie gießt das Glas so voll, dass sie sich beim Trinken darüber beugen muss, um nichts zu verschütten. Als sie den Kopf wieder hebt, rinnt ihr ein dünner Rotweinfaden übers Kinn und tropft auf den hellen Pulli.

»Weißt du, was ich mal werden wollte? Ärztin wollt ich werden, und dann fall ich auf so einen Trottel wie deinen Vater rein und krieg 'n Kind, und dann hat's gerade mal zur Krankenschwester gereicht.«

Im Fernsehen findet eine wilde Verfolgungsjagd statt. Ein Auto überschlägt sich und geht in Flammen auf.

»Aber du kannst doch auch wieder ins Krankenhaus zurück, Mutsch«, sagt Augustus.

»Ach nee! Schichtdienst mit zwei Kindern? Das haben die mir gleich gesagt, dass sie da nichts für mich haben. Ich müsste mich umschulen lassen, zur Krankengymnastin oder so ...«

»Das wär's doch, Mutsch!« Augustus versucht begeistert zu klingen, wie jedes Mal, wenn seine Mutter an diesem Punkt angekommen ist.

»Das dauert doch ewig, und Geld verdien ich dabei auch keins. Ich muss schließlich zwei Kinder ernähren und anziehen, die Miete wird immer höher, und

dein Vater …« Die Stimme der Mutter wird ganz schrill: »… dein Vater zahlt keinen Cent!«

Augustus springt vom Sofa auf.

»Sag doch nicht immer ›dein Vater‹, als ob ich was dafür kann. Er ist auch Linas Vater, und dein Mann war er schließlich auch mal. Bist doch selbst schuld, wenn du keinen Bessern gefunden hast!«

Die Ohrfeige brennt.

Augustus starrt seine Mutter an, die ins Sofa zurückgefallen ist und schwer atmet. Das hat sie noch nie getan, sie hat ihn noch nie geschlagen. Geschlagen hat immer nur sein Vater – und jetzt Mutsch!

Sie hebt bittend die Hände zu ihm hoch. »Ich … es tut mir Leid … das hab ich nicht gewollt … komm her!«

Laut dröhnt die Werbung für eine CD mit Partymusik. Dann scharen sich rotbackige Kinder um einen Weihnachtsmann mit Rauschebart. Er lächelt breit und verteilt Schokoladenplätzchen.

Augustus dreht sich um und geht aus dem Zimmer.

6. *Kapitel:* **Sonnabend**

Lauter Donner reißt Juli aus dem Schlaf. Ein Gewitter im Winter? Nein, es sind nur die Müllmänner, die die schweren Mülltonnen aus dem Hof wuchten.

Juli zieht sich die Decke über den Kopf. Im Traum war sie wieder in Küblingen gewesen, sie hatte im Garten auf dem alten Walnussbaum gesessen. Die Sonne schien, es war warm, und plötzlich hatte Oma nach ihr gerufen. Sofort war Juli vom Baum geklettert und zum Haus gelaufen. Aber der Weg durch den Garten nahm kein Ende, das Haus von Opa und Oma wurde immer kleiner, schließlich verschwand es ganz und an seiner Stelle erhob sich ein riesiger Weihnachtsbaum. Aber statt bunter Kugeln hingen Muscheln in den Zweigen.

Komischer Traum, denkt Juli und wühlt sich unter der Decke hervor. Ihr Blick fällt auf den Nachttisch. Da steht die Glasvase, in die sie gestern Abend Augustus' Wundermuschel gelegt hat. Die Muschel

hat sich weit geöffnet, blaues und grünes Seegras quillt aus den Schalen, dazwischen schwimmt ein winziger roter Fisch. Juli klopft an das Glas, und der Fisch dreht sich einmal um sich selbst.

»Eine Wundermuschel, wie hübsch!«, sagt Julis Mutter, die gerade ins Zimmer kommt. »Wo hast du die denn her?«

»Hat Augustus mir geschenkt.« Juli spürt, dass sie rot wird.

»Soso«, sagt die Mutter nur, dann zieht sie Juli die Decke weg. »Raus mit dir! Wir wollen so früh wie möglich einkaufen, vor Silvester ist bestimmt die Hölle los.«

»Mir brauchet nix«, stellt Julis Vater bei einem Blick in den Kühlschrank fest.

»Von wegen!« Julis Mutter drückt ihm einen Zettel

in die Hand. »Schreib mal mit: Saft, Selters, Sahne, Brot, Eier, Kartoffeln für den Salat, saure Gurken, Würstchen, Waschpulver, einen Braten für Neujahr ...«, zählt die Mutter auf, und der Vater ruft verzweifelt: »Hilfe! Wer soll das alles bezahlen?«

»Wir gehen am besten in den großen Supermarkt an der Berliner Straße, da haben wir gleich alles beieinander«, schlägt die Mutter vor.

Juli freut sich. Supermärkte sind toll! In Küblingen gab es nur den Bäcker und Harders Zeitungsladen, der auch Gemüse verkaufte oder besser umgekehrt, denn während Frau Harder, die Mutter des Briefträgers, Äpfel und Möhren abwog, blätterten die Kunden in aller Ruhe die Zeitungen durch und kauften sie nicht mehr.

»Ich brauche Gold und Türkis für meinen Tuschkasten«, sagt Juli, »und einen neuen Pinsel.« Sie will für Augustus ein Bild malen. Ein Bild mit einem Engel darauf. Der Engel soll aussehen wie Juli, nur mit Flügeln dran.

»Des isch ja Waahnsinn!«, ruft Julis Vater, als sie wenig später im Supermarkt stehen. Vor Menschen und Einkaufswagen sieht man fast nicht, was es zu kaufen gibt. Dafür dröhnt eine Lautsprecherstimme: »Für die gute Laune zum Fest: Müller-Sekt mit dem prickelnden Etwas, nur drei Euro neunundneunzig!«

»Eine Flasche Sekt sollten wir auf jeden Fall mitnehmen, Hans«, sagt Julis Mutter. »Zum Anstoßen auf das neue Jahr.«

Sie schieben sich durch das Gedränge, und nach kurzer Zeit ist der Einkaufswagen von Julis Eltern genauso voll wie alle anderen Wagen im Laden.

»Bitte, einen Knallbonbon, Papa!« Juli bleibt vor einem Regal stehen, in dem Pappnasen liegen, kleine Hütchen aus Glanzpapier, Päckchen mit Luftschlangen und leuchtend bunte Knallbonbons.

»Was? Ein Euro neunundneunzig für ein Zündplättchen mit Papier drumrum?«

»Bitte, Papa!«

»Da drin ist doch nichts, ein dummer Spruch und ein Plastikschwein, und dafür soll ich ...«

»Nun lass sie doch, Hans!«

Vorsichtig legt Juli einen Knallbonbon in den Einkaufswagen. Er ist mit grünem Papier umwickelt und hat eine Fransenmanschette aus schillernder Goldfolie, daran angeklebt turnt ein lachender Schornsteinfeger auf einer winzigen Leiter und hält ein schon leicht zerdrücktes Hufeisen in der Hand.

Juli stellt sich vor, dass sie Augustus gegenübersteht und jeder ein Ende vom Knallbonbon anfasst, zieht, ein wenig zusammenzuckt, und dann … dann wird etwas Wunderbares herauskommen. Ein Sternenregen, rote Herzen, ein Freundschaftsring …

»Passen Se jefälligst uff, junge Frau!«

Julis Mutter hat mit ihrem Einkaufswagen einen dicken Mann gerammt.

»Dieses Gedränge! Ich bin froh, wenn wir hier raus sind«, sagt sie zu Juli. »Da vorn sind die Kassen.«

Sie stellen sich ans Ende einer langen Schlange. Der Mann vor ihnen hat in seinem Einkaufswagen nur Chipstüten, einen ganzen Berg voll.

»Na, das wird bestimmt 'ne tolle Party!«, flüstert die Mutter Juli zu.

An der Kasse sitzt eine blonde Frau und zieht eine Chipstüte nach der anderen über ein Glasfenster, dabei piept es. Juli will gerade ihren Vater fragen, wie das funktioniert, und warum die Frau nicht den Preis in die Kasse tippt, da hebt die Kassiererin den Kopf. Es ist Augustus' Mutter.

»Mama, komm«, sagt Juli und zupft ihre Mutter am Ärmel, »da drüben geht's bestimmt schneller.«

»Wir sind doch gleich dran.« Julis Mutter packt die Einkäufe auf das Laufband, und der Vater zückt sein Portemonnaie. Juli senkt den Kopf. Zu spät.

Die Frau hat Juli erkannt. Sie lächelt ihr zu und sagte leise: »Hallo.«

Haben die Eltern es bemerkt? Juli stopft umständlich ihre Tuschkastenfarben in die Hosentasche, um nichts sagen zu müssen.

Draußen auf dem Parkplatz vor dem Supermarkt fragt Julis Mutter: »Wer war denn das?«

Juli holt tief Luft: »Die Mutter von Augustus.«

»Na, die ist auch nicht zu beneiden«, brummt der Vater.

»Und wer kümmert sich um das Baby?«, fragt Julis Mutter weiter.

»Weiß ich doch nicht!«, sagt Juli böse.

»Na, der Herr Papa, wer sonst. Samstags können sich die armen Väter nicht etwa von ihrer schweren Arbeit ausruhen, nein! Sie müssen Kinder hüten oder sich in die Einkaufsschlacht werfen!«

Julis Vater tut so, als ob er unter den Taschen und Tüten gleich zusammenbricht.

»Du tust mir ja so Leid!« Die Mutter hält dem Vater erst die Packung mit den Würstchen unter die Nase, dann einen Beutel Kartoffeln.

»Und wer isst das hier nachher alles? Doch nicht wir allein!«

»Ha noi! Zuerst schlaget sich Frau und Kind die Bäuch voll, mir bleibet die Brosame. Guckt mich nur an, wie ich vom Fleisch gefallen bin.« Der Vater hält die Luft an und versucht den Bauch einzuziehen, aber die Mutter kitzelt ihn. Er prustet los, und sein Bauch springt hervor wie ein Punchingball.

»Lieber en Bauch vom Fresse wie en Buckel vom Schaffe!«

Juli lacht besonders laut. Sie ist erleichtert, dass keiner von den beiden mehr peinliche Fragen stellt.

Vor dem Haus begegnen sie Frau von Kalckstein. Sie trägt einen geblümten Stoffbeutel. »Eine alte Frau braucht nicht mehr viel«, sagt sie, als sie Juli und ihre schwer beladenen Eltern sieht.

»Sie haben unserer Tochter diesen zauberhaften Engel geschenkt, nicht wahr?«, sagt Julis Mutter. »Sie hat sich wirklich sehr darüber gefreut.«

Juli zieht eine Grimasse. Das kann sie vielleicht leiden, wenn ihre Mutter in ihrem Beisein über sie spricht, als wäre sie gar nicht da.

»Er steht auf meinem Nachttisch«, sagt sie.

»Neben dem Glas mit der Wundermuschel von deinem Freund Augustus«, fügt ihre Mutter augenzwinkernd hinzu.

»Es ist wirklich ein Segen, dass wieder eine Familie mit Kind bei uns eingezogen ist«, sagt Frau von Kalckstein. »Kinder bringen Leben in ein Haus.«

»Aber der blöde Pollke will ja keine!«, ruft Juli, und die Mutter wirft ihr einen warnenden Blick zu.

Die alte Frau lacht. »Den kenne ich noch, da

hatte er kurze Hosen an und war der schlimmste Bengel in der Nachbarschaft. Unserem Kater hat er mal an Silvester einen Knallfrosch an den Schwanz gebunden.«

Juli ist empört: »Das ist ja Tierquälerei!«

»Tja, tja, und jetzt hat er selbst eine Katze und ihm gehört das Haus und noch so einiges, alles geerbt vom Vater. Der alte Pollke, ja, das war ein feiner Mann. Und gebildet! Sein Sohn hat mit Ach und Krach die Volksschule geschafft. Wie oft hat der alte Pollke zu meinem Mann gesagt: ›Mein lieber Kalckstein, was soll nur aus dem Jungen werden, wenn ich nicht mehr bin ...‹«

»Hausbesitzer!«, sagt Julis Vater und macht einen Schritt in Richtung Tür. »Was Besseres kann einem in diesen Zeiten doch gar nicht passieren.«

»Da haben Sie wohl Recht.« Die alte Frau lacht. »Aber ich halte es mit Goethe und sage nur: ›Was du ererbst von deinen Vätern, erwirb es, um es zu besitzen‹.«

»Was soll'n das heißen?«, fragt Juli.

»Wir müssen hoch, Mäuschen, mir frieren die Hände ab.« Die Mutter nimmt die Einkaufstaschen von der rechten in die linke Hand.

»Komm doch am Nachmittag zu mir rüber, dann plaudern wir ein wenig«, schlägt Frau von Kalckstein vor. »Ich muss jetzt auch los, sonst gibt's gar nichts mehr. Mein Viertelpfündchen gekochten Schinken hab ich mir vorsichtshalber beim Fleischer zurücklegen lassen.«

»Puh, ich dachte schon, sie hört überhaupt net mehr auf mit'm Schwätze«, sagt der Vater, während er im Hausflur den Briefkasten aufschließt.

»Ich wäre beinahe festgefroren!« Die Mutter trampelt auf der Stelle.

»Sie ist sehr nett!«, sagt Juli.

»Ja, mein Mäuschen, das ist sie. Und wir haben überhaupt nichts dagegen, wenn du sie besuchst. Nicht wahr, Hans?«

»Nein, natürlich nicht. Hier ist übrigens Post für dich. Ein Brief von Opa und Oma.«

Während die Eltern Tüten und Taschen auspacken, stellen sie fest, dass sie so wichtige Dinge wie Butter und Salz vergessen, dafür aber supergünstige rote Schuhkrem eingekaufen haben.

»Soll ich mir die etwa auf's Brot schmieren?«

»Nein, Hans, aber es ist genau die Farbe von meinen roten Sandaletten ...« – während die Eltern also mal wieder streiten, sitzt Juli in ihrem Zimmer und malt einen Engel. Er hat kurze braune Haare, türkisgrüne Augen, ein blaues Gewand und goldene Flügel.

Sie wird Augustus schon noch den Unterschied zwischen Engeln und Prinzessinnen beibringen.

Juli steckt das fertige Bild in ihre Umhängetasche zusammen mit dem Foto, das die Großeltern ihr geschickt haben. Es zeigt das kleine Haus in Küblingen. Oma schaut lachend aus dem Fenster, und Juli sitzt auf der Türschwelle und hält Felix im Arm. Opa hat das Foto gemacht. Juli erinnert sich genau. Es war am ersten Tag der großen Ferien gewesen. Vor Juli lagen sechs unendlich lange und unendlich herrliche Sommerwochen, und kein Mensch dachte damals an Berlin. Ist das wirklich erst ein halbes Jahr her?

Nach dem Mittagessen geht Juli gleich hoch zum Dachboden. Sie schaut in die Ecke hinter dem Schrank, aber Augustus ist nicht da. Vielleicht wartet er wieder um drei auf sie. Obwohl … richtig verabredet waren sie ja eigentlich nicht.

Juli läuft schnell über den Boden, heute ist es hier noch kälter als sonst. Am anderen Ende öffnet sie die Tür und steht kurz darauf vor der Wohnung von Frau von Kalckstein.

»Ich habe uns Kakao gekocht«, sagt die alte Frau zur Begrüßung, »oder bist du für so was schon zu groß?«

»Für Kakao ist man nie zu groß!«, sagt Juli.

»Du hast Recht, wenn es draußen kalt ist, gibt es einfach nichts Besseres.« Sie stellt zwei Tassen aus geblümtem Porzellan auf den Tisch neben der Pyramide.

»Wer weiß, vielleicht bekommen wir ja doch noch Schnee. Laut Wetterbericht friert es weiter.«

»Was soll man hier schon mit Schnee anfangen?« Juli lässt sich in einen der tiefen Sessel fallen.

»Sag das nicht, mein Kind. Gleich nebenan im Park gibt es eine Rodelbahn, und hinter der Brücke ist ein Teich, da kann man Schlittschuh laufen.«

Frau von Kalckstein häuft einen Berg Schlagsahne auf Julis Kakao. »Augustus kann dir das alles zeigen.«

»In Küblingen sind wir im Wald gerodelt. Da war ein alter Forstweg, der ging steil bergab, runter zum Kartoffelacker von Reicherts. Wenn er richtig vereist war, hab ich mich gedreht mit dem Schlitten, und einmal bin ich auch umgekippt, und da ist mir der Zahn abgebrochen, war aber nur ein Milchzahn. Jetzt hab ich einen neuen.« Juli tippt auf ihren Vorderzahn, dann zieht sie das Foto aus ihrer Tasche.

»Hier, das ist unser Haus«, sagt sie stolz.

Frau von Kalckstein nimmt das Bild in die Hand. »Wie reizend. Ein richtiges Knusperhäuschen. Und das da vorn bist du, nicht wahr?«

Juli nickt.

»Da fällt mir ein ...« Frau von Kalckstein steht auf.

Mit einem dicken Buch kommt sie zurück. Es ist ein Fotoalbum in dunkelbraunem Leder mit eingeprägtem Wappen.

Sie schlägt das Buch auf. Auf jeder Seite sind drei oder vier Bilder eingeklebt, schwarzweiß mit weißem Zackenrand.

»Das war unser Gut.« Die alte Frau zeigt auf einen rechteckigen Klotz mit vielen Fenstern. Am Eingang stehen zwei Säulen.

»Das sieht ja aus wie ein Schloss!«

»Du hast nicht ganz Unrecht. Im 18. Jahrhundert gehörte es einem Prinzen, der es als Jagdschloss benutzt hat. Dann kaufte es mein Großvater, es waren noch nicht mal Öfen drin. Nur ein riesiger Kamin im großen Saal und der Küchenherd. Die ersten Winter müssen furchtbar gewesen sein.«

Frau von Kalckstein hält ihre Kakaotasse in beiden Händen und lässt sich in den Sessel zurücksinken, während Juli weiter in dem Album blättert. Vorsichtig schlägt sie die Trennbögen aus Seidenpapier um.

»Als mein Vater das Haus erbte, gab es zwar eine Heizung, aber die Äcker waren heruntergekommen, das Holz im Wald Jahre nicht geschlagen worden. Mein Großvater war nun mal kein Landwirt. Er liebte die Stadt, das Theater, die Musik ... Mein Vater und meine Mutter haben sehr hart gearbeitet. Und das ist es, was ich vorhin meinte mit diesem Spruch von Goethe. Wir müssen das, was wir von unseren Vorfahren erben, gut behandeln, wir müssen das, was uns da in den Schoß fällt, erst verdienen.«

»Das alte Märchenbuch von meinem Opa werde ich auch nie mit Fettfingern anfassen«, sagt Juli.

Die alte Frau lacht: »Ich sehe, du verstehst mich!«

Juli tippt auf ein Foto von einem jungen Mädchen mit blonden Zöpfen, das ein Pferd am Zügel führt. »Sind das Sie?«

»Ja. Das bin ich mit meinem Hengst Wotan. Um ihn hat es mir am meisten Leid getan.«

»Was?«

»Na, dass ich ihn zurücklassen musste, damals, als die Russen kamen.«

Juli weiß, dass vom Krieg die Rede ist. Opa hat oft davon erzählt, wie er als Siebzehnjähriger im letzten Jahr des Krieges als Soldat nach Russland an die Front musste. Oma hat dann immer abgewinkt und gesagt: »Hör bloß auf mit dene alte G'schicht'!«

Vom Krieg möchte Juli nichts hören, aber unhöflich will sie auch nicht sein, also fragt sie: »Sind Sie traurig, dass Sie das schöne Haus nicht mehr haben?«

»Nein«, sagt Frau von Kalckstein. »Ich bin nicht traurig. Mein Mann und ich, wir haben keine Kinder gehabt. Wem hätten wir alles vermachen sollen? Ich hoffe, dass jetzt eine Familie dort lebt, die das Haus liebt, so wie wir es geliebt haben. Wir wollten immer einmal hinfahren. Aber, als mein Mann noch lebte, waren die Grenzen zu, und jetzt ... jetzt bin ich zu alt ...«

Als Frau von Kalckstein Julis trauriges Gesicht sieht, lächelt sie. »Das habe ich gelernt, mein Kind. Etwas spät, aber nicht zu spät. Man muss sich trennen können von Dingen und leider auch von Menschen, mögen sie einem noch so viel bedeuten.«

Juli zeigt auf ein anderes Foto: eine lachende Frau umarmt einen Mann mit schwarzem Gesicht, der auf der Stirn eine Lampe trägt. »Und wo ist das hier?«

»Das war im Erzgebirge. Da hat mein Mann unter Tage im Bergbau gearbeitet, und ich habe daheim Holzfiguren geschnitzt und bemalt.« Sie zeigt auf die Pyramide. »Solche, wie die hier. Die Engelchen hab ich immer am liebsten gemocht.«

Sie nimmt eines von der Pyramide herunter und dreht es auf der flachen Hand her und hin.

»Da haben wir nach dem Krieg bis 1960 gelebt, dann gingen wir nach Berlin, nach Westberlin. Ein Jahr später wurde die Mauer gebaut.«

»Aber die gibt's nicht mehr«, sagt Juli.

»Man kann sie nicht mehr sehen, das stimmt. Aber in den Köpfen einiger Leute steht sie immer noch.«

Das ist Juli zu kompliziert. Sie trinkt ihre Tasse leer.

»Möchtest du noch Kakao?«

Juli schlägt das Fotoalbum zu und wirft einen Blick auf die Standuhr. Es ist zehn nach drei.

»Nein danke. Meine Mutter wartet bestimmt.«

»Dann will ich dich nicht aufhalten. Und wenn du zufällig Augustus triffst ...«, die alte Frau zwinkert Juli zu, »... sag ihm, er soll sich mal wieder bei mir sehen lassen.«

Frau von Kalckstein begleitet Juli hinaus, und als

sie sieht, dass Juli die Treppe zum Boden hochläuft, lacht sie: »Soso, die Abkürzung kennst du also auch schon, hast du keine Angst vor Spinnen?«

Juli schüttelt nur den Kopf und nimmt zwei Stufen auf einmal.

Sie öffnet die Tür zum Boden und ruft: »Hallo! Augustus! Bist du da?«

Keine Antwort. Juli ist enttäuscht. Ob er auf sie gewartet hat und dann weggegangen ist? Sie läuft über die staubigen Holzdielen und an dem Schrank vorbei, da hört sie ein Schniefen. Sie bleibt stehen und lugt um die Ecke.

Augustus ist doch da. Er liegt bäuchlings auf der Matratze. Juli will ihn freundschaftlich in die Seite stupsen, da sieht sie, dass seine Schultern zucken. Augustus weint.

Sie hockt ratlos neben ihm. Wenn ein Junge wie Augustus weint, dann ist es wirklich ernst. Julis beste Freundin in Küblingen, die Monika, die weinte jeden Tag mindestens zweimal. Wegen einem Fleck auf ihrem Kleid oder weil es mittags Grützwurst gab.

»Augustus…«, flüstert Juli, »… ich habe ein Bild für dich gemalt.«

Sie zieht es aus der Tasche.

Augustus richtet sich auf. Mit dem Handrücken fährt er sich übers Gesicht. Er zieht einmal kurz die

Nase hoch und sieht sich dann Julis Engel an. »Was hat'n der für 'nen Eierkuchen auf'm Kopp?«

»Das ist doch der Heiligenschein!« Juli ist beleidigt. Wo sie sich solche Mühe gegeben hat!

»Sieht dir irgendwie ähnlich«, sagt Augustus dann und grinst, aber seine Augen sind rot und verquollen.

»Du hast geheult«, stellt Juli fest und setzt sich neben ihn auf die Matratze. Vorsichtig legt Augustus das Bild auf die umgestülpte Kiste. »Ich hänge es nachher in mein Zimmer«, sagt er, »übers Bett.« Dann schweigt er, und Juli schweigt auch.

Es ist dunkel geworden, durch die Dachluke sieht Juli, wie an einem fast schwarzen Himmel graue Wolken vorbeiziehen. Sie kann Augustus' Gesicht kaum noch erkennen. Aber sie kann ihn riechen. Er riecht nach Keks und Seife und ein wenig nach Scheuerlappen. Aber das ist nicht er, das ist bloß die alte Matratze.

»Ich habe Angst vor Silvester ...«, sagt Augustus.

»Wegen der Knallerei?«, fragt Juli.

»Dummchen, davor doch nich. Nicht vor den größten Kanonenschlägen. Nein ... meine Mutter ...«

Immer geht's ihm nur um die, denkt Juli. »Ich hab sie heute gesehen, im Supermarkt an der Kasse.«

»Sie hat drei Flaschen Sekt mit nach Hause gebracht«, ruft Augustus. »Drei Flaschen! Weil Silvester ist, hat sie gesagt. Dabei kommt überhaupt keiner zu Besuch. Sie wird dasitzen und trinken und auf meinen Vater schimpfen, und dann wird sie mich angucken und sagen: ›Versprich mir, dass du nie so ’n mieser Typ wirst.‹«

Augustus schluckt. »Aber am schlimmsten ist, wenn sie weint und wenn sie sagt, dass sie das alles nicht mehr aushält …«

Juli zupft sich ratlos an den Haaren. Dann hat sie eine Idee:

»Komm einfach zu uns! Ich darf bis Mitternacht aufbleiben. Es gibt Kartoffelsalat mit Würstchen und jede Menge Berliner!«

»Berliner?«

»Mit Himbeerfüllung und Pflaumenmus!«

»Ick hab noch nie ’n jefüllten Berliner jesehen, willste mich verkohlen?«

Juli beschreibt mit den Händen einen Kreis: »Na diese runden Kuchen mit Zuckerguss drauf, die man an Silvester und Fassnacht isst.«

»Die heißen Pfannkuchen!«

»Quatsch, Pfannkuchen werden doch in der Pfanne gemacht und sind flach.«

»Du meinst Eierkuchen.«

»O nein!« Juli verdreht die Augen. »Das hat sogar

meine Mutter gelernt, dass das Pfannkuchen sind und das andere Berliner!«

»Und ich sage dir, die Dinger heißen Pfannkuchen!«

»Berliner!«

»Pfannkuchen!«

»Berliner!«

Augustus hält Juli den Mund zu, und Juli boxt ihn in den Bauch. Da kitzelt er sie, und sie kitzelt zurück. Sie wälzen sich kichernd und boxend und lachend auf der Matratze.

Plötzlich schiebt Augustus Julis Arm beiseite und richtet sich auf. Er lacht nicht mehr.

»Bitte komm, der Kartoffelsalat von meiner Mutter wird ganz lecker, und wir dürfen bestimmt auch ...« – ... ein Schlückchen Sekt trinken, wollte Juli sagen, aber dann fällt ihr rechtzeitig ein, dass das für Augustus kaum etwas Verlockendes hat. »... wir dürfen bestimmt auch Wunderkerzen anzünden.«

»Wunderkerzen! So ’n Babykram.« Augustus schnaubt verächtlich.

»Aber ich würd schon gern kommen. So isses nicht. Nur ... ich muss mich auch um Lina kümmern. Wenn Mutsch ... na also, wenn sie was getrunken hat, und Lina weint, weil sie Hunger hat oder Durst, dann kriegt sie das oft nicht mit und ...«

Er spricht nicht weiter.

»Ich war bei Frau von Kalckstein«, erzählt Juli. »Sie hat dich sehr gern, weißt du. Sie hilft dir sicher.«

»Und wie? Uns kann keiner helfen.«

»Na, sie könnte mit deiner Mutter reden und ...«

»Nein!«, sagt Augustus barsch. Dann packt er Julis Arm so fest, dass es wehtut.

»Und wehe du erzählst irgendeinem Menschen davon, hörst du? Das ist meine Sache. Das geht keinen was an!«

Er steht auf.

Juli reibt sich den Arm.

»Tschüss, Juli«, sagt Augustus und geht über den Boden davon. Das Bild mit dem Engel hat er vergessen.

Juli tappt durch die Dunkelheit zur anderen Tür, öffnet sie und läuft schnell die Stufen hinunter in den vierten Stock. An ihrer Wohnungstür klingelt sie Sturm.

Der Vater öffnet mit einem »Wo kommst du her?«

»Ich … aber ich war doch bei der alten Frau«, stottert Juli.

»Wir haben sie gerade angerufen. Du bist um drei von ihr weggegangen, und jetzt ist es fast vier!«

»Ich hab bloß noch kurz mit Augustus …«

»Damit ist jetzt Schluss!«

Die Mutter kommt in den Flur und schließt die Tür. »Hans! Bitte! Beruhige dich doch!«

Der Vater holt tief Luft, dann beugt er sich zu Juli herab und sieht sie fast beschwörend an, fast so, als ob er Angst hätte, Angst um sie.

»Ich möchte nicht, dass du mit diesem Jungen zusammen bist, Juliane, hörst du?«

»Was hat Augustus denn getan?«

»Er hat nichts getan, Mäuschen.« Die Mutter schiebt den Vater beiseite. »Es ist nur … weil …«

»Ich war vorhin bei Herrn Pollke«, sagt der Vater, »irgendeiner hat unten die Gegensprechanlage mit Kaugummi verklebt …«

»Und der Pollke denkt natürlich, das war Augustus!«, wirft Juli ein.

»Und wenn er's war, ist es kein Wunder. Herr Pollke hat mir erzählt, was diese Lehmanns für eine feine Familie sind. Der Vater verschwunden, die Mutter Trinkerin …«

»Aber was kann Augustus denn dafür?«

»Keine Diskussion! Wenn du nächste Woche in die Schule kommst, wirst du andere Freunde finden.«

Juli stürzt in ihr Zimmer und wirft sich aufs Bett. Sie will nur den einen Freund und keinen anderen!

Ihre Mutter setzt sich neben sie auf die Bettkante.

»Du musst Papa verstehen, Mäuschen, er hat Angst, dass du da Dinge mitkriegst, die du … für die du eben einfach noch zu klein bist.«

Juli hebt den Kopf. »Aber Augustus ist wohl nicht zu klein – und Lina erst?«

»Natürlich sind sie das, aber darüber müsste sich zuerst einmal Frau Lehmann Gedanken machen …«

Juli wartet auf das ›und nicht wir‹, aber es kommt nicht.

Julis Mutter betrachtet die Muschel in der Vase. »So eine hatte ich auch als Kind. Mein Vater hat sie mir mal mitgebracht, ich weiß nicht mehr, von wo. Als sie aufging, war das wie ein Wunder.«

»Wunder gibt's nicht«, sagt Juli, und ihre Augen füllen sich mit Tränen. »Was da rauskommt ist doch nur … Papier und Plastik!«

Die Mutter wischt Juli mit dem Finger die Tränen aus dem Gesicht.

»Wunder geschehen einfach, auch wenn man nicht an sie glaubt. Schau doch mal aus dem Fenster. Es schneit. Wenn das kein Wunder ist …«

• ♥ •

»Bitte, bitte lass ein Wunder geschehen, lieber Gott!«, betet Augustus. Aber wird Gott das Gebet erhören? Augustus ist noch nicht einmal getauft. Für Lina hatte sich die Mutter eine Taufe gewünscht. Mit Blumen, Orgel und Taufkleid. Aber der Vater hatte abgelehnt. »In diesen Verein trete ick nich ein!«, hatte er gesagt. »Ick schmeiß denen doch nich mein sauer verdientes Geld in den Rachen, für irgendso 'nen Firlefanz!«

Augustus kratzt mit dem Fingernagel ein Stück angetrockneten Brei vom Sofakissen. Wenn es einen Gott gibt, überlegt er, dann ist der für alle da, auch für mich. Und dann soll er gefälligst jetzt seine Schutzengel losschicken.

Da fällt ihm ein, dass er Julis Bild auf dem Boden vergessen hat, das mit dem Eierkuchen-Engel. Er wollte es doch über sein Bett hängen, und das war nicht nur so dahingesagt. Also wird er es holen. Vom Boden. Am besten er bleibt gleich oben. Für immer. Oder wenigstens bis übermorgen.

Warum eigentlich nicht? Geschähe Mutsch nur

recht, wenn sie sich Sorgen machen müsste um ihn. Wenn er nur an die Ohrfeige denkt, beginnt sein Backe zu glühen. Vor Scham. Dabei müsste sich seine Mutter schämen. Aber die weiß bestimmt noch nicht mal mehr, dass sie ihn geschlagen hat. Im Suff.

Zum ersten Mal denkt er dieses Wort. Dieses gemeine, ekelhafte Wort. Sonst hat er immer drumherum gedacht. Mutsch geht's nicht gut oder: Mutsch hat zu viel getrunken. Sogar sich selbst hat er angelogen, nicht nur die anderen.

Die Einzige, die die Wahrheit kennt, ist Juli, und die lügt auch. Für ihre Freundschaft. Damit muss endlich Schluss sein!

Augustus macht einen Plan. Der liebe Gott hat sich bisher nicht um ihn gekümmert, er braucht es auch jetzt nicht zu tun.

Morgen früh wird er sich auf dem Boden verstecken. Den ganzen Tag, vielleicht sogar die ganze Nacht. Mutsch wird außer sich sein. Schließlich ist ihr Großer sonst immer da, wenn sie ihn braucht. Vielleicht vergisst sie vor lauter Angst sogar das Trinken. Zumindest muss er nicht dabei sein, wenn sie den Sekt in sich hineinschüttet. Am besten bereitet er heute Abend schon alles vor.

Augustus springt vom Sofa auf.

»Ich bin gleich wieder da!«, ruft er in die Küche.

»Ich hab vergessen, Juli … ein Buch zurückzugeben.«

»Kannst du den Müll mit runternehmen?«, fragt die Mutter, die vergeblich versucht, Lina mit Spinat zu füttern.

Von seinem Geheimweg über den Boden weiß sie nichts, sie denkt, er muss über den Hof, um zu Juli zu kommen.

»Klar!«, sagt Augustus und nimmt den Mülleimer. Unter den Arm klemmt er sich noch eine alte Wolldecke, aus dem Kasten im Flur zieht er eine Flasche Mineralwasser.

Auf dem Boden ist es jetzt stockdunkel, aber Augustus kennt den Weg. Da ist der Schrank. Und hier die Matratze. Auf die legt er die Wolldecke. Morgen früh muss er noch etwas zu essen mitnehmen und sich warm anziehen. Es ist verdammt kalt hier oben. Und falls jemand kommt? Juli zum Beispiel. Das hört er, wenn sie die Tür aufmacht, und ehe sie um die Ecke ist, hat er sich im Schrank versteckt. Da stehen nur ein paar Weckgläser drin, mit Birnenkompott von Anno Pief. Vielleicht rettet ihn das sogar vor dem Hungertod.

Augustus ist sehr zufrieden. Er verlässt den Boden. Nimmt den Mülleimer, den er vor der Wohnungstür hat stehen lassen, und geht die Treppe hinunter. Als er auf den Hof tritt, fällt er der Länge nach hin.

»Himmel, Arsch und Zwirn, was ist das denn?«

Augustus reibt sich das Knie. Apfelschalen, Milchtüten und Essensreste liegen um ihn herum im Schnee.

7. Kapitel: **Sonntag**

Augustus steht vor der Tür zum Boden, er hat schon die Klinke in der Hand, da bemerkt er, dass hinter ihm eine Treppe weiter nach oben führt. Komisch, dass er die noch nie bemerkt hat. Er geht neugierig die Treppe hinauf, auf den Stufen liegt ein roter Läufer, so wie im Vorderhaus. Immer höher geht es, schließlich steht Augustus wieder vor einer Tür. Nein, eigentlich ist es ein zweiflügeliges Tor, das sich jetzt langsam öffnet. Helles Licht scheint heraus. Augustus macht einen Schritt auf diese Helligkeit zu, da hört er ein Weinen, wie das klagende Miauen einer Katze. Es wird lauter und lauter. Augustus will es nicht hören, er will wissen, was hinter dem Tor ist. Er ruft laut: »Sei still!« – und wacht auf.

Das Baby weint. Augustus geht ins Schlafzimmer und rüttelt seine Mutter unsanft wach. Sonntags hat er sie sonst immer weiterschlafen lassen und für Lina die Milch warm gemacht. Das wird sie in Zukunft allein tun müssen, denkt Augustus und verfolgt mit Genugtuung, wie seine Mutter stöhnt und sich die Augen reibt.

»Bitte … kümmerst du dich um Lina?« Sie fasst sich an die Stirn. »Ich kann mich kaum rühren vor Kopfschmerzen.«

Augustus geht aus dem Zimmer und kommt mit einem Glas Wasser zurück.

»Sind gleich zwei drin«, sagt er und stellt das Glas auf den Nachttisch. Mit verschränkten Armen sieht er zu, wie seine Mutter trinkt. Dann holt er die wimmernde Lina und legt sie zu ihr ins Bett. »Hab keine Zeit, muss gleich weg.«

»Vor dem Frühstück?«, fragt seine Mutter.

»Bin verabredet.«

»Wann kommst du wieder?«

»Weiß noch nicht.«

»Aber zum Mittagessen bist du wieder da, ja?«

Lina kräht und strampelt.

»Hm«, macht Augustus vage.

Seine Mutter steht auf. »Ich koch auch was Schönes für uns.«

»Ach, hast du denn außer deinem Sekt auch was zu essen mitgebracht?«

Augustus ist erstaunt, wie böse er sein kann, aber es macht ihm Spaß, richtig Spaß. Als seine Mutter jetzt im Nachthemd vor ihm steht, mit zerdrückten Haaren und roten Flecken im Gesicht, auf dem Arm das rotzverschmierte, brüllende Baby, da stellt er sich in Positur: Hände auf den Hüften, den Kopf leicht schief, mit diesem Blick, den sein Vater jedes Mal hatte, kurz bevor er türenschlagend die Wohnung verließ, weil es »nicht mehr zum Aushalten« war. Lina verstummt plötzlich, so kennt sie ihren Bruder nicht.

»Ich habe extra Steaks gekauft, weil du die doch so gern isst.« Die Stimme der Mutter ist ganz klein. »Und diese Pommes, die man im Backofen heiß macht.« Bei dem Wort »Pommes« rudert Lina mit den Ärmchen und gluckst erwartungsvoll.

»Siehst du, Lina freut sich auch schon drauf. Um eins ist alles fertig, ja?«

»Meinetwegen«, knurrt Augustus und dreht sich schnell um, weil er diesen nur zu bekannten Druck in den Augen spürt. Schnell weg!

Während seine Mutter in der Küche Linas Milch wärmt und Kaffee kocht, zieht sich Augustus an. Die dicken Socken, zwei T-Shirts und zwei Pullover übereinander. Die Trainingshose und darüber die Jeans. Das Paar Landjäger, das er vorhin aus dem Kühlschrank genommen hat, steckt schon im Rucksack, zusammen mit einem Stück Brot und einem Apfel.

Jetzt fehlt nur noch die Taschenlampe.

Augustus öffnet den Sicherungskasten im Flur, da liegt sie, klein und handlich. Er knipst sie an. Sie leuchtet nicht.

»Mutsch, haben wir irgendwo noch Batterien?«

»Wofür brauchst'n die?«, ruft die Mutter aus der Küche.

»Für meinen Walkman.«

»Guck im Sicherungskasten nach, wenn da keine sind, haben wir keine.«

Wütend schlägt Augustus den Kasten zu. Er braucht Licht auf dem Boden. Der Gedanke, nicht nur im Kalten, sondern auch im Dunkeln zu sitzen, gefällt ihm überhaupt nicht.

Er holt aus dem Wohnzimmer die dicke Weihnachtskerze und ein Päckchen Streichhölzer. Auch das kommt in den Rucksack. Soll er was zu lesen mitnehmen?

Da ist doch noch das Buch von der alten Kalckstein. Bestimmt superlangweilig das Ganze, wie soll die Alte auch wissen, was ein Junge von heute spannend oder witzig findet.

Ein paar Comics, ja, die wären für seinen Zweck genau das Richtige. Der Zeitungskiosk vorn an der Ecke hat auch sonntags auf, aber Augustus hat kein Geld mehr. Das Portemonnaie seiner Mutter liegt einladend auf dem Tischchen in der Diele, sie würde überhaupt nicht merken, wenn da zwei, drei Euro fehlen. Aber das macht er nicht. Im Supermarkt ein Päckchen Kaugummi mitgehen lassen, das schon. Aber die eigene Mutter beklauen? Niemals. Da kann sie sich noch so mies benehmen.

Also stopft er den »Tom Sawyer« zu den Würsten, der Kerze und dem Brot.

»Ich geh dann jetzt!«, ruft Augustus schon halb aus der Tür.

Er schlägt sie schnell zu und läuft laut trampelnd eine Treppe hinunter, dann geht er auf Zehenspitzen wieder hinauf. An seiner Wohnungstür hält er einen Moment inne, dann geht er weiter. Nein, er wird nicht weich werden, bloß weil seine Mutter Steaks für ihn gekauft hat. Vor der Bodentür sieht Augustus sich um. Keine geheimnisvolle Treppe mit rotem Läufer. Er ist fast ein wenig enttäuscht, dabei weiß er doch, dass es nur ein Traum war.

Die Dielen knarren laut unter seinen Schritten und ungewohnt hell ist es heute hier oben. Die Dachluken sind schon halb zugeschneit. Der Himmel dahinter ist blau wie im Sommer. Etwas Licht fällt sogar in die Ecke hinter dem Schrank. Die Matratze ist übersät mit braunen Flecken, das bemerkt Augustus erst jetzt.

Er packt den Rucksack aus, stellt die Kerze auf die

Kiste und wickelt sich in die Decke ein, dann zieht er die Beine ganz nah an den Körper und schlägt das Buch auf.

• ♥ •

»Was sagst du nun, Mäuschen? Es gibt also doch Schnee in der Stadt!«

Die Mutter blättert in der Zeitung, die auf dem Küchentisch liegt. »Und hier: für ganz Süddeutschland ist Regen angesagt, na also!« Sie schwenkt triumphierend die Seite mit dem Wetterbericht.

»Und was beweist das jetzt?«, fragt der Vater und legt die Zeitung wieder zusammen. Die Mutter zuckt nur die Schultern und stellt den Wasserkessel auf den Herd.

Juli geht zum Fenster. Der Schnee auf dem Dach gegenüber glitzert silbern. Die Sonnenstrahlen reichen bis hinunter zum zweiten Stock. Der Hof sieht nicht mehr grau und traurig aus, sondern wie ein festlich gedeckter Tisch, bevor die Gäste kommen. Selbst der mickrige Knallerbsenstrauch wirkt mit seinen verschneiten Zweigen richtig feierlich. Die Deckel der Mülltonnen tragen hohe Mützen. Die Schneedecke ist bis auf ein paar Vogelspuren noch unberührt.

Knirschen und Scharren ertönt. Herr Pollke pflügt mit einem Schneeschieber eine Schneise zu den Mülltonnen. Mit einer heftigen Armbewegung fegt er die Schneemützen herunter.

Wie Juli diesen Mann verabscheut! Er ist an allem schuld! Wenn er ihrem Vater nichts gesagt hätte, dann wäre alles in Ordnung. Dann könnte sie heute mit Augustus eine Schneeballschlacht machen oder Schlitten fahren oder …

Beim Frühstück stochert Juli in ihrem Müsli herum. Die Mutter hält mit beiden Händen die Teetasse und pustet hinein, der Tee müsste längst eiskalt sein. Der Vater köpft mit dem Messer sein Ei und kratzt die

Kappe aus. Keiner sagt ein Wort. Julis Kehle ist ganz trocken. »Papa …«, kommt es etwas krächzend aus ihrem Mund, »… warum darf ich nicht mehr mit Augustus spielen? Er hat doch nichts getan.« Sie sieht ihren Vater flehend an, aber der weicht ihrem Blick aus und löffelt weiter glibberiges Ei.

»Und die Schmiererei im Hausflur, das war er doch?«

»Mir hat er nichts getan, meinte ich«, sagt Juli leise.

»Na, das wäre ja auch noch schöner!« Ihr Vater hebt den Kopf.

»Juliane, ich möchte mit diesen … Leuten nichts zu tun haben, ist das klar!«

»Das musst du doch auch nicht, Augustus ist *mein* Freund!« Juli weint fast.

»Schöner Freund! Ein Sitzenbleiber und …«

»Jetzt werd aber nicht albern, Hans!«, ruft die Mutter.

»Schluss! Wir wollen nicht mehr darüber sprechen.« Der Vater stößt den Löffel in das Ei, dass die Schale zerbricht und Eigelb auf den Tisch läuft.

Die Mutter nimmt einen Schluck Tee. »Vielleicht sollten wir aber genau das tun«, sagt sie ruhig, »mal mit Augustus' Mutter sprechen, meine ich. Die Frau braucht Hilfe.«

»Des geht uns gar nix a!«

»Mach, was du willst«, die Mutter steht auf und holt einen Lappen. »Ich gehe jedenfalls heute Nachmittag zu Frau Lehmann und rede mit ihr.«

Juli sieht ihre Mutter erstaunt an, so kennt sie sie gar nicht.

»Das tust du nicht!« Der Vater hat ein rotes Gesicht vor Zorn. »Wir haben selber genug Probleme, da müssen wir uns nicht noch die von andern Leuten aufhalsen!«

»Probleme? Was denn für Probleme?« Die Mutter wischt das verkleckerte Ei weg und wedelt dem Vater mit dem Lappen unter der Nase rum. »Du hast Arbeit, wir haben eine Wohnung und – was ja wohl das Wichtigste ist – eine wunderbare Tochter!«

»Eben, die ist mir viel zu schade für so einen ...«

»Du tust ja so, als wollte sie ihn heiraten! Die beiden sind Kinder, Hans, vergiss das nicht!«

»Dass Juli noch ein Kind ist, hast wohl eher du vergessen, sonst hättest du nicht zugelassen, dass sie sich mutterseelenallein im Haus herumtreibt!«

Mutterseelenallein? Haben Väter keine Seele? denkt Juli.

Der Vater und die Mutter starren sich über den Tisch hinweg böse an.

Juli steht auf und geht hinaus. Jedes Mal, wenn ihre

Eltern streiten, bekommt sie Angst, sie fühlt sich dann so schrecklich einsam. Und diesmal ist sie auch noch schuld daran.

Sie legt sich auf ihr Bett und drückt beide Fäuste auf die Ohren, um nichts hören zu müssen. Nach einer Weile streicht ihr jemand über den Kopf.

»Mäuschen, komm. Alles halb so schlimm. Wir machen jetzt erst mal einen schönen Spaziergang und dann sehen wir weiter.«

Die Mutter umschlingt Juli mit beiden Armen, als ob sie noch ein ganz kleines Kind wäre.

»Frische Luft wird uns allen gut tun«, sagt sie zu Julis Vater, der in der Zimmertür steht und ziemlich ratlos aussieht.

»Ich denke, wir wollten spazieren gehen?«, sagt Juli, als die Mutter den Weg zum S-Bahnhof einschlägt.

»Wir müssen ein Stück fahren, ich will euch etwas Besonderes zeigen.«

Juli sitzt am Fenster. In der S-Bahn kann man wenigstens was sehen. Erst Hinterhöfe und Fabrikgebäude, dann Gärten, in denen Villen stehen, die wie verkleinerte Ritterburgen aussehen. »Hier möchte ich wohnen, Mama!«

»Ich auch!«, seufzt die Mutter.

»Da musst du dir einen andren Mann suchen«, sagt

der Vater. Er hat noch kein einziges Mal aus dem Fenster geschaut.

Sie steigen am Bahnhof Wannsee aus.

»Da drüben ist eine Schiffsanlegestelle«, sagt die Mutter. »Im Sommer machen wir eine große Dampferfahrt, die Havel rauf und wieder runter.«

Wenn dann doch nur Augustus dabei sein könnte, denkt Juli.

Sie steigen in einen Bus.

»Wie weit willst du denn noch?«, knurrt der Vater.

»Wart's doch ab, du wirst schon sehen.« Die Mutter rückt auf dem Sitz näher an Juli heran und legt ihr den Arm um die Schulter. Der Bus fährt eine schnurgerade Straße entlang. Links und rechts davon ist Wald. Natürlich nicht so ein dichter, dunkler Wald, wie ihn Juli von Küblingen her kennt, keiner, in dem man sich verirren könnte.

Nach kurzer Zeit geht der Wald über in hügeliges Parkgelände, sie steigen an der Endhaltestelle aus und gehen die Straße zu Fuß weiter.

Dann stehen sie vor einer großen Brücke, über die in beide Richtungen unablässig Autos rollen und Matsch verspritzen.

»Das ist die Glienicker Brücke, Mäuschen. Genau in der Mitte war die Grenze. Da konnte niemand rüber, keine Autos, keine Menschen, nur Spione.«

»Erzähl doch keine Märchen«, sagt der Vater.

»Aber ja! Das hab ich damals selbst gesehen, wie hier die schwarzen Limousinen rüberkamen mit den Gardinchen an den Scheiben.«

Julis Mutter zeigt auf einen Brückenpfeiler.

»Hier war ein großes Schild: ›Achtung! Sie verlassen den amerikanischen Sektor.‹ Und auf unserer Seite haben sie dann die Spione ausgetauscht. Zwei aus dem Osten gegen einen aus dem Westen oder umgekehrt.«

Der Vater lacht spöttisch.

Dann gehen sie durch einen Park mit hohen Bäumen. Schwarze Risse durchziehen kreuz und quer die silbergraue Rinde, von weitem sieht das aus, als wären Gesichter auf die Stämme gemalt. »Das sind Buchen, Mäuschen. Und da steht ja auch mein Kasper-Baum, guck mal!«

Die Mutter hält vor einem Baum mit lachendem Mund, freundlichen Augen und einem aufwärts gebogenen Ast als Nase. Er sieht genauso aus wie Julis Kasper mit dem geschnitzten Holzkopf.

Sie gehen weiter. Ihre Schuhe hinterlassen feuchte Abdrücke im weichen Schnee.

Die Eltern haken sich sonst immer unter, doch Julis Vater hat die Hände tief in den Taschen vergraben. Die Hände der Mutter wedeln durch die Luft, zeigen mal auf einen Brunnen, der aussieht wie eine riesige Muschel, mal auf einen Haufen zerborstener Säulen, die einfach so herumliegen.

Auf einer kleinen Brücke bleibt die Mutter stehen. Sie streckt den Arm aus.

»Siehst du am anderen Ufer die beiden Türme, Mäuschen?«

Juli nickt.

»Als ich so alt war wie du, hab ich hier gestanden und mir ausgemalt, was das wohl sein könnte. Die Burg eines Zauberers, ein Königsschloss? Wir konnten ja nicht hin.«

»Aber jetzt können wir das doch?«, fragt Juli.

»Ja, jetzt können wir überall hin«, sagt die Mutter begeistert.

»Da müsst ihr euch schon ein Auto anschaffen, wenn ihr überall hin wollt. Bis hierher haben wir genau eineinhalb Stunden gebraucht.« Der Vater tritt von einem Bein aufs andere. »Kommt jetzt, i han kalte Füeß.«

• ♥ •

Die Buchstaben verrutschen vor Augustus' Augen. Gerade jetzt, wo's so spannend wird. Er richtet sich auf und beginnt vor Kälte zu zittern. Solange er gelesen hat, ist ihm warm gewesen. Vielleicht, weil am

Mississippi immer die Sonne scheint? Er zündet die Kerze an und rückt die Kiste so nah wie möglich an die Matratze. Ja, nun kann er weiterlesen. Himmel, Arsch und Zwirn, ist das eine aufregende Geschichte! Da sitzen Tom und seine beiden Freunde quietschvergnügt auf einer einsamen Insel, spielen Pirat, grillen Fische, während zu Hause alle denken, die Jungs seien längst ertrunken.

Plötzlich hört er ein Geräusch. Schnell pustet Augustus die Kerze aus und spitzt die Ohren. Klang es nicht, als ob jemand einen Schlüssel ins Schloss gesteckt hätte?

Aber wer sollte die Bodentür abschließen? Die war noch nie zu. Ob es überhaupt einen Schlüssel gab? Augustus hat jedenfalls noch keinen gesehen.

Da! Schon wieder was! Ein dumpfes Platschen! Er atmet erleichtert auf. Das war nur ein Batzen Schnee, der sich von der Dachluke gelöst hat und in die Regenrinne gefallen ist.

Er zündet die Kerze wieder an und liest weiter. Als die drei Totgeglaubten während des Trauergottesdienstes in der Kirche auftauchen und eimerweise Tränen der Rührung und des Glücks vergossen werden, legt Augustus das Buch hin. Genauso macht er es auch! Er bleibt verschwunden, so lange, bis seine Mutter es vor Angst nicht mehr aushält und denken muss, er sei tot. Wenn er dann wiederkommt, wird sie bestimmt alles tun, was er will. Sie wird nie wieder trinken, sie wird nie wieder sagen, dass er irgendwas genauso macht wie sein Vater. Aber was viel wichtiger ist: Sie wird endlich einmal Grund zum Freuen haben.

• ♥ •

Als Juli mit ihren Eltern nach Hause kommt, begegnen ihnen im Hausflur Herr und Frau Pollke. Herr Pollke trägt einen Korb, aus dem es kläglich miaut.

»Wir fahrn zu meiner Schwiegermutter, die wohnt im Jrunewald, da jibt's keene Knallerei«, sagt Herr Pollke und seine Frau fügt hinzu: »Katzen sind ja so sensibel und unsere Lady erst!« Sie streicht beruhigend über die platte Katzennase, die sich durch das Korbgeflecht schiebt. »Keller- und Bodentüren hab ick zujeschlossen, nich dass eener auf die Idee kommt, da zu zündeln. Se können also janz beruhigt feiern«, sagt Herr Pollke, zeigt seine gelben Zähne und kneift Juli in die Wange.

»Bei Feiern fällt mir wat ein, ham Sie die Flasche Sekt vor unsre Tür jestellt?«

Julis Eltern sehen sich an und der Vater schüttelt den Kopf.

»War sowieso nich meine Marke, sondern irgend 'ne billje Plörre«, Herr Pollke grinst selbstgefällig.

Als er die Haustür öffnet, explodiert mitten auf der Schwelle ein Kanonenschlag. Auf der anderen Straßenseite läuft ein Junge schnell um die Ecke. Juli erschrickt. Etwa Augustus? Bestimmt nicht, der Junge war viel größer.

»Det is ja lebensjefährlich!« Herr Pollke schiebt mit der Fußspitze die noch qualmende Papphülse in den Schnee. »Schließen Se heut Abend bloß jut ab, damit keener bei uns im Hof rumballert! Und wenn Se sehen, dass der Bengel von der Lehmann sich da rumtreibt, denn holn Se am besten gleich die Polizei!«

»Na, na, Herr Pollke«, sagt Julis Mutter, »so schlimm wird's ja wohl nicht werden, ein paar harmlose Kracher werden Sie dem Kind an Silvester doch erlauben ...«

»Von wejen Kind und von wejen harmlos! 'n frühreifet Früchtchen is det. Wie ick dem seine Alte kenne, knallt die sich heute Abend die Birne zu, und der Junge is wieder sich selbst überlassen und kommt auf dumme Jedanken. Nachher steckt der noch det janze Haus in Brand!«

Frau Pollke zupft ihren Mann am Arm: »Komm Günter, Lady friert, du weißt doch, wie leicht sie sich erkältet.«

Die beiden verschwinden, und Juli geht mit ihren Eltern nach oben.

»Jetzt hast du's selbst gehört ...«, beginnt der Vater. Die Mutter schneidet ihm mit einer Handbwegung das Wort ab.

»Was der Pollke sagt, interessiert mich nicht. Ich mach mir lieber selbst ein Bild.«

Während die Mutter Kartoffeln pellt, Gurken und Zwiebeln schneidet, steht Juli am Küchenfenster und schaut hinaus. Die Lampe über der Hofeinfahrt geht an, ein Mann und eine Frau kommen untergehakt in den Hof und verschwinden im Quergebäude. Der Schnee ist zertrampelt, aus den Regenrinnen tropft es.

Was Augustus wohl gerade macht? Ob er an sie denkt?

Gegenüber im dritten Stock erscheint jetzt ein Gesicht am Fenster. Jemand sieht direkt zu Juli hin. Augustus? Juli hebt die Hand, um zu winken. Nein, es ist seine Mutter. Juli dreht sich schnell vom Fenster weg.

»Der Salat ist fertig, jetzt muss er nur gut durchziehen.« Die Mutter stellt die Schüssel in die Speisekammer.

Sie wirft die Zwiebelschalen in den Müll, fegt Krümel vom Tisch, dann wäscht sie sich die Hände und trocknet sie sorgfältig ab.

»Dann werd ich mal rübergehen zu Frau Lehmann«, sagt sie und zupft unschlüssig an ihren Haaren herum.

Genau wie ich, denkt Juli. Komisch, dass ihr das noch nie aufgefallen ist.

»Und was willst du ihr sagen?«

»Wenn ich das so genau wüsste … Ich weiß ja noch nicht mal, ob sie mit mir reden will. Schließlich bin ich eine Fremde. Aber vielleicht kann ich ihr trotzdem helfen … mit dem Baby oder so …«

Die Mutter hebt hilflos die Arme und sieht auf einmal sehr unsicher aus.

Da klingelt es. Vor der Tür steht Augustus' Mutter mit Lina auf dem Arm. »Bitte entschuldigen Sie, aber ist mein Sohn vielleicht bei Ihnen?«

Julis Mutter schüttelt den Kopf. »Nein, hier ist er nicht. Aber kommen Sie doch rein, ich wollte sowieso gerade zu Ihnen.«

»Dann wissen Sie, wo Augustus steckt? Gott sei Dank!«

Sie setzt Lina auf dem Boden ab. »Ich habe solche Angst gehabt.«

»Ich weiß leider nichts, und du, Juli?«

Die Mutter sieht Juli fragend an, die zuckt mit den Schultern. »Ich hab Augustus heute noch gar nicht gesehen.«

»Aber wo kann er nur sein?« Frau Lehmann beißt sich auf die Lippen. Hoffentlich fängt sie nicht an zu weinen. Juli bückt sich, um Lina die Telefonschnur aus dem Mund zu ziehen, auf der sie fröhlich herumkaut.

Julis Mutter hebt Lina hoch und geht ins Wohnzimmer.

»Setzen Sie sich erst einmal«, sagt sie.

Julis Vater, der der Länge nach auf dem Sofa liegt, richtet sich erschrocken auf und legt die Zeitung beiseite.

»Das ist Frau Lehmann, die Mutter von Augustus«, sagt Julis Mutter, »und das ist die süße kleine Lina.« Sie kitzelt das Baby am Bauch. Lina gluckst und gurrt.

Der Vater brummt ein: »Soso … aha …«

Frau Lehmann hockt sich auf die vorderste Kante eines Sessels.

»Seit wann ist Augustus denn verschwunden?«, fragt Julis Mutter.

»Seit heute Morgen, er ist gleich nach dem Aufstehen weggegangen.«

»Ja, hat er denn nicht gesagt, wohin?«, fragt der Vater.

Frau Lehmann starrt auf ihre Schuhspitzen. »Das macht er so gut wie nie …«

Dann schaut sie Julis Mutter an. »Aber zum Mittagessen wollte er auf jeden Fall zurück sein, ich habe

Steaks gebraten, die isst er doch so gern. Um eins wollte er wieder da sein. Jetzt ist es gleich fünf!«

»Frau von Kalckstein!«, ruft Juli. »Bestimmt ist er bei ihr. Die redet doch immer so viel, da hat er die Zeit vergessen … Soll ich rüberlaufen?«

»Nein, nein, ich rufe schnell mal an.« Julis Mutter setzt dem Vater das Baby auf den Schoß und geht in den Flur zum Telefon.

Im Wohnzimmer herrscht betretenes Schweigen. Der Vater hält Lina etwas von sich ab, als habe er Angst, sie könne ihn beißen. Lina verzieht das Gesicht und schiebt die Unterlippe vor.

»Nicht weinen, Lina!«, sagt Frau Lehmann beschwörend und streckt die Arme nach ihr aus. Lina brüllt.

Julis Vater räuspert sich, dann beginnt er: »Kommt 'ne Maus die Treppe rauf ...« Seine Finger spazieren an Linas Arm hinauf. Das Baby starrt ihn mit großen Augen an.

»Klingelingeling!« Er zupft Lina am Ohrläppchen, dann tippt er ihr an die Stirn: »Klopft an ... guten Tag, Herr Nasemann!« Er zwickt Lina in die Nase.

Lina jauchzt laut auf.

Julis Mutter kommt zurück: »Bei Frau von Kalckstein ist er auch nicht.«

»Es ist alles meine Schuld«, jammert Frau Lehmann.

»Wir sollten die Polizei verständigen, was meinst du, Hans?«

Julis Vater schaukelt immer noch Lina auf seinen Knien.

»Hat er denn keinen Freund, bei dem er sein könnte?«, fragt er.

Augustus' Mutter schüttelt den Kopf: »Ich weiß es nicht, besucht hat uns noch keiner ... Juli war die Erste, die ...«

Sie sieht Juli an. »Ich war so froh, ich dachte, er

hätte endlich jemanden gefunden. Und dann hab ich ihn mit dir aufgezogen und gesagt …«

Sie schlägt die Hände vors Gesicht.

»Ein Junge in dem Alter muss doch Freunde haben, sonst ist das nicht normal!«, sagt Julis Vater.

Frau Lehmann wischt sich über die Augen.

»In der neuen Klasse sind eben alle viel jünger als er.«

Sie sieht Julis Vater an. »Er ist nämlich sitzen geblieben, müssen Sie wissen.«

»Na ja, so was passiert schon mal«, sagt der zu Julis Erstaunen.

»Es hätte aber nicht passieren müssen, wenn ich mich mehr um ihn kümmern würde. Aber manchmal bin ich bis acht Uhr abends im Supermarkt, dann muss er Lina aus der Krippe holen, das Essen warm machen, für Schularbeiten bleibt da natürlich keine Zeit.«

Es klingelt. Juli und ihre Mutter stürzen zur Tür. Kein Augustus, nur eine etwas atemlose Frau von Kalckstein steht davor.

»Bisschen viel für eine alte Frau«, stöhnt sie, »vier Treppen runter und wieder rauf.«

»Warum sind Sie denn nicht über den Boden gekommen?«, will Juli gerade fragen, da fällt ihr etwas ein. Natürlich!

»Augustus ist oben!«, ruft sie. »Auf dem Boden!«

»Da kann er nicht sein, mein Kind. Der ist zu«, sagt die alte Frau, »jedenfalls auf meiner Seite, sonst hätte ich ja nicht die Treppen nehmen müssen.«

»Gestern war er aber noch offen«, sagt Juli.

»Hat Herr Pollke nicht vorhin alles abgeschlossen?«, sagt Julis Mutter. »Womöglich hat er ihn dabei eingesperrt!«

Kurz darauf stehen Juli, ihre Mutter, der Vater, Frau Lehmann mit Lina auf dem Arm und die alte Frau von Kalckstein vor der verschlossenen Bodentür.

»Augustus!«, ruft Juli laut. »Augustus, bist du da?« Stille.

»Wir müssen einen Schlosser holen«, schlägt Frau von Kalckstein vor.

»Heute, an Silvester? Da kommt doch keiner.« Der Vater beugt sich zu Juli herab. »Und du bist ganz sicher, dass der Bub hier ist?«

»Wo soll er denn sonst sein?«, sagt Juli.

Ihr Vater befühlt den Türrahmen. »Sehr stabil. Da brauch ich ein Brecheisen. In der Werkzeugkiste muss eins sein.«

Er geht wieder hinunter.

Frau von Kalckstein guckt durchs Schlüsselloch. »Sehen kann ich nichts, aber riechen. Es riecht ...«, sie dreht sich zu den anderen um, »... verbrannt!«

Jetzt merkt es Juli auch. Ein Geruch nach schwelendem Holz. So roch es immer, wenn Opa im Hof alte Kisten verbrannte.

»Papa, komm schnell!«, ruft Juli die Treppe hinunter. »Es brennt!«

Frau Lehmann ist kreideweiß und sieht aus, als würde sie gleich umfallen. Julis Mutter nimmt ihr Lina aus dem Arm.

»Ich gehe mit dem Baby lieber runter in die warme Wohnung«, sagt sie.

Julis Vater kommt die Treppe heraufgestürzt. Er schiebt das Brecheisen in den Spalt neben dem Türschloss und wirft sich dann mit aller Kraft dagegen.

Einmal und noch einmal. Beim dritten Mal geht die Tür krachend auf.

Mit der Taschenlampe in der Hand stürmt der Vater voraus.

»Hier lang, Papa! Da, hinter dem Schrank.«

Augustus liegt bäuchlings auf der Matratze, er rührt sich nicht.

Der Vater zieht ihm die Decke weg und schlägt damit auf die Holzkiste ein, in deren Mitte die Kerze ein Loch gebrannt hat, das an den Rändern weiterglimmt.

Ein Buch ist auf den Boden gefallen, die verkohlten Blätter biegen sich auf, kleine Flammen züngeln hervor.

Julis Vater trampelt mit beiden Füßen darauf herum.

Juli kniet neben Augustus und rüttelt ihn heftig.

»Los! Wach auf! Komm!«

Frau von Kalckstein ruft: »Das haben wir gleich«, greift nach der Sprudelflasche und gießt Augustus Wasser ins Gesicht.

Benommen rappelt er sich auf.

»Himmel, Arsch und Zwirn, wat soll'n die Sauerei?«, brummt er.

Juli lacht und weint gleichzeitig: »Wir haben dich gerettet, du Idiot! Der Pollke hat dich eingeschlossen und fast wärst du auch noch verbrannt.«

Augustus starrt auf die Kiste. »Die Kerze! Ich muss eingeschlafen sein. Und was ist mit meinem Buch passiert?«

Er starrt auf den schwarzen Klumpen zu seinen Füßen.

»Du hättest um ein Haar eine Rauchvergiftung bekommen, Bub«, sagt Julis Vater. »Komm, bloß schnell weg hier, das stinkt ja grauslich!«

Frau Lehmann, die sich die ganze Zeit etwas abseits gehalten hat, geht jetzt auf Augustus zu, setzt sich neben ihn auf die Matratze und drückt ihr Gesicht an seinen Hals.

»Ich brauch jetzt einen starken Kaffee!«, sagt Frau

von Kalckstein – und zu Juli gewandt: »Glaubst du, deine Mutter macht uns einen?«

Wenig später sitzen alle unten in Julis Küche. Die Mutter hat nicht nur Kaffee gekocht, sie stellt die Schüssel mit dem Kartoffelsalat auf den Tisch und macht Würstchen heiß.

Lina stopft sich begeistert saure Gürkchen in den Mund.

Nur Augustus und seine Mutter haben keinen Appetit. Sie starren beide auf die Tischplatte und vermeiden es, sich anzusehen.

»Nun erzähl doch schon, wie das passiert ist, mein Junge«, sagt Frau von Kalckstein. »Was treibst du bei der Kälte auf dem Boden? Hast wohl auf Juli gewartet und dann kam der Pollke und …«

Augustus schüttelt stumm den Kopf.

»Der Ärmste muss erst wieder richtig zu sich kommen, nicht wahr, Augustus?« Julis Mutter hält ihm auffordernd ein Würstchen unter die Nase.

Frau Lehmann hebt den Kopf und blickt fast trotzig in die Runde. »Mein Sohn ist weggelaufen, weil er Angst hatte, dass ich heute wieder zu viel trinke!«

Augustus zuckt zusammen, als hätte man ihn geohrfeigt.

»Zu viel trinken?«, fragt Frau von Kalckstein fassungslos. »Aber liebe Frau Lehmann … sagen Sie doch nicht so was, das wäre ja …«

»… schrecklich? O ja, das ist es, vor allem für meinen Sohn.«

Augustus hält den Kopf gesenkt und malt mit dem Fingernagel Kreise auf die Tischplatte. Seine Mutter sieht ihn an und spricht leise weiter, so als säße außer ihnen beiden niemand am Tisch.

»Als mich mein Mann im Frühjahr verlassen hat, sechs Wochen nach Linas Geburt, da war ich so unendlich gekränkt, dass ich mit ihm nichts mehr zu tun haben wollte, nie mehr. Anstatt mich drum zu kümmern, dass er Unterhalt zahlt, wenigstens für die Kinder, hab ich gedacht, ich schaff das alles allein. Geldverdienen, das Baby, den Haushalt, und Augustus war ja auch noch da … Aber ich habe es nicht geschafft, es war einfach zu viel. Entweder saß ich morgens völlig übermüdet an der Kasse, weil Lina die ganze Nacht geschrien hat, oder ich kam abends total fertig nach Hause, weil meine Abrechnung mal wieder nicht stimmte und die Kunden ekelhaft zu mir waren. Wenn dann endlich mal Ruhe war, hab ich mich aufs Sofa gesetzt und mir schrecklich Leid getan. Und dabei helfen zwei, drei Gläser Wein ganz hervorragend. Beim Sich-Leid-Tun, meine ich. Man ist so beschäftigt damit, sich Leid zu tun, dass man gar nicht mitkriegt, was um einen herum passiert.«

Sie streicht Augustus etwas zaghaft mit dem Finger über die Wange.

»Mein Gott, du glühst ja!«, ruft sie. »Hast du Fieber?« Sie springt auf.

»Wir müssen sofort einen Arzt rufen!«

Augustus hält sie am Arm fest.

»Nein, Mutsch, bitte nicht, es geht mir gut, wirklich!«

»Du bist bestimmt unterkühlt, wie leicht kriegt man da eine Lungenentzündung …« Sie greift nach Augustus' Handgelenk und fühlt den Puls. Beim Zählen der Schläge bewegt sie stumm die Lippen.

»Alles in Ordnung«, sagt sie erleichtert und setzt sich wieder hin. Augustus' Hand hat sie dabei nicht losgelassen. Sie presst sie an ihr Gesicht und schließt die Augen.

»Ich habe so eine Angst gehabt, als du weg warst, das kannst du dir gar nicht vorstellen.«

»Du hast mich ja jetzt wieder gefunden«, sagt Augustus und zieht vorsichtig seine Hand weg.

»Verzeihst du mir?«

Augustus nickt, aber er sieht sie nicht an dabei. Sein Kopf sinkt tiefer, Tränen tropfen auf seinen Teller.

Alle anderen am Tisch haben geschwiegen, die Erste, die spricht, ist Frau von Kalckstein. »Du meine Güte, ich hatte ja keine Ahnung. Da denkt man, man kennt seine Mitmenschen und dabei ... nein, so was ...« Sie schüttelt den Kopf.

Julis Mutter gießt Frau Lehmann Kaffee nach. »Wie soll es denn nun weitergehen?«

»Ich weiß nur eins«, sagt Augustus' Mutter und hält mit beiden Händen die Tasse umklammert. »Ich muss jetzt einen Schritt nach dem anderen tun. Der erste ist, dass ich gleich nach Neujahr im Supermarkt kündigen werde ...«

Augustus fährt hoch: »Wirklich, Mutsch? Ist das dein Ernst?«

»Du kannst dich drauf verlassen, und dann kümmere ich mich endlich um das Geld für euch, das mir zusteht, und wer weiß, vielleicht zahlt mir das Arbeitsamt ja auch eine Umschulung zur Krankengymnastin.«

»Wenn Sie mal jemanden brauchen, der sich um Lina kümmert ...«, sagt Julis Mutter, »... ich mache das gern.«

»Und wenn Augustus Probleme mit den Schularbeiten hat ...«, ergänzt der Vater, »... da könnte ich ihm helfen, mach ich bei Juli auch immer.«

Juli verzieht das Gesicht.

Frau Lehmann hebt abwehrend die Hände.

»Vielen Dank, danke, aber in der nächsten Zeit möchte ich mich erst einmal selbst um meine Kinder kümmern, aber später brauche ich Ihre Hilfe bestimmt, und dann werde ich sie auch annehmen.«

Frau von Kalckstein stupst Augustus in die Seite: »Du weißt ja, dass du bei mir immer herzlich willkommen bist, könntest auch ruhig öfter mal reinschauen.«

Augustus verzieht den Mund zu einem dünnen Lächeln, dann fällt ihm etwas ein.

»Gibt's bei Ihnen noch mehr so Bücher?«, fragt er.

»Du hast den Tom Sawyer gelesen? Dacht ich's mir doch, dass er dir gefällt. Und das eine oder andere Buch, das ich noch habe, sicher auch.«

»Der Tom Sawyer ist verbrannt«, sagt Augustus düster, »und ich weiß nicht, wie's ausgeht. Kriegen sie Indianer-Joe denn noch?«

Frau Lehmann lacht leis und alle sehen sie erstaunt an.

»Weißt du was? Ich hab das Buch! Steht bei mir im Regal. War mein Lieblingsbuch, als ich so alt war wie du. Hätte nie gedacht ...«

Sie steht auf. »Ich komm gleich wieder!«

»Das hat doch Zeit, Mutsch!«, ruft Augustus ihr hinterher und wischt sich den Schweiß von der Stirn.

»Puh, ist das heiß hier!« Er zieht einen seiner Pullover aus.

»Du hattest dich ja gut vorbereitet für deine ... hm, für deine Expedition«, sagt Julis Vater schmunzelnd.

Juli kaut auf einem Würstchen herum und ist beleidigt. Kein Mensch kümmert sich um sie. Dabei hat schließlich sie Augustus gerettet! Sie war bei ihm und hat zu ihm gehalten, als er so unglücklich war, und nun reißen die Erwachsenen wieder alles an sich. Typisch!

Frau von Kalckstein redet auf Augustus ein, ihr Vater schlägt ihm kumpelhaft auf die Schulter, und ihre Mutter häuft einen Riesenberg Kartoffelsalat auf seinen Teller.

»Wir haben auch noch Pfannkuchen«, sagt sie.

»Berliner!«, rufen Augustus und Juli wie aus einem Mund. Sie sehen sich an und müssen grinsen. Frau Lehmann kommt zurück. Ohne den Tom Sawyer, aber mit zwei Flaschen Sekt. Sie stellt sie auf den Tisch. »Bitte sehr. Die eine sollte sowieso Frau von Kalckstein bekommen und die andere kriegen jetzt Sie«, sagt sie zu Julis Vater.

»Und was ist mit der ...«, beginnt Augustus und bricht ab.

»Die dritte steht beim Pollke vor der Tür. Ich wollte mich bei ihm entschuldigen für ... na, für mein

Benehmen neulich und für dein Geschmiere im Hausflur. Aber dann hab ich mich doch nicht getraut, bei ihm zu klingeln, und die Flasche einfach nur hingestellt.«

»Gefunden hat er sie jedenfalls«, sagt Julis Vater.

»Ist wahrscheinlich eh nicht seine Preisklasse, den gab's bei uns im Sonderangebot«, sagt Frau Lehmann. Dann legt sie Augustus eine Hand auf den Kopf.

»Ich geh mit Lina wieder rüber. Kommst du mit oder willst du noch bei Juli bleiben und feiern?«

Augustus legt die Gabel hin, sein Teller ist fast leer.

»Ich komm mit!«, sagt er und blickt Juli dabei entschuldigend an.

»Warte noch!«, ruft die. »Der Knallbonbon!«

Juli und Augustus stehen sich gegenüber.

»Auf die Plätze, fertig, los!« Sie ziehen gleichzeitig. Das Zündplättchen knallt und aus der Pappröhre fallen ein Zettel und ein Babymilchfläschchen aus Plastik.

Juli hebt beides auf. »Das ist ja vielleicht doof.« Sie faltet den Zettel auseinander. »Und das ist erst blöde: ›Glück und Glas, wie leicht bricht das.‹«

Augustus gibt ihr die Hand. »Tschüss, Juli, morgen um drei, alte Stelle?«

»Nein!«, ruft Julis Vater. Juli erschrickt.

»Auf dem Boden trefft ihr euch nicht mehr, ist das klar? Aber du kannst jederzeit zu uns kommen … oder Juli zu dir.«

»Jeht in Ordnung!«, sagt Augustus.

»Ich geh auch gleich mit rüber«, meint Frau von Kalckstein. »Bin ja gespannt, was unser lieber Hausbesitzer morgen zu der kaputten Tür sagt.«

»Das eine Dachfenster steht doch offen. Wir erzählen dem Pollke einfach, da wär ein Knaller reingeflogen und es hätte gebrannt, dann muss er Papa sogar noch dankbar sein.«

Augustus sieht Juli bewundernd an: »Prima Idee. Ich räum nur schnell noch meine Sachen oben weg.«

Er saust in den Flur, reißt die Wohnungstür auf, die knallt mit Schwung gegen den Spiegel, der klirrend in sich zusammenfällt.

»Sieben Jahre Pech!«, rutscht es Juli heraus.

»Nicht doch, nicht doch, Kindchen. Scherben bringen Glück!«, sagt Frau von Kalckstein.

»Das ersetze ich Ihnen natürlich«, sagt Augustus' Mutter.

»So weit kimmt's no!« Julis Vater bückt sich und sammelt vorsichtig die Scherben ein. »Ist meine Schuld, dass der hier noch rumsteht, wollte ihn schon vor Tagen anmachen ...«

Julis Mutter sagt nur: »So, so.«

Als die Glocken Mitternacht läuten, steht Juli mit ihrem Eltern auf dem kleinen Balkon. Rote, grüne und silberne Sterne regnet es vom Himmel. Jetzt saust ein gelber Feuerschweif quer übers Dach. Eine Kaskade von Silber ergießt sich vom Schornstein herab.

Gegenüber geht ein Fenster auf.

Frau von Kalckstein schwenkt in beiden Händen Wunderkerzen.

Juli winkt ihr zu.

Ein Stockwerk tiefer tritt Frau Lehmann mit Lina auf den Balkon und zeigt dem Baby das Feuerwerk.

Juli winkt auch ihr zu.

»Glaubst du, alles wird gut?«, fragt sie ihren Vater.

»Wenn i des nur wüsst ...« Er legt Juli den Arm um die Schulter. »Aber eins weiß ich, mein Mädle, nämlich dass dein Freund Augustus ein prima Kerl ist.«

»Und du, Hans? Was ist mit dir?«, fragt die Mutter.

»Was soll mit mir sein?«

»Keine guten Vorsätze fürs neue Jahr?«

Er rülpst: »Nie mehr als fünf Würstchen auf einmal, jeden Spiegel sofort an die Wand nageln und …«

»Und?«

»Nie mehr auf das dumme Geschwätz von andern hören.«

Die Mutter gibt ihm einen Kuss.

»Und was ist mit Berlin?«

»Berlin ist eine große Stadt, manchmal denk ich, viel zu groß für so einen kleinen Mann wie mich …« Der Vater seufzt. »Aber ich werd mich schon dran gewöhnen, 's braucht halt alles sei Zeit …«

Der ohrenbetäubende Krach einer gewaltigen Explosion übertönt seine Worte. Juli beugt sich über die Balkonbrüstung. Im Hof muss jemand einen Kanonenschlag gezündet haben, die Mauern haben den Knall als vielfaches Echo zurückgeworfen. In der Tür zum Seitenflügel flackert ein Streichholz auf und beleuchtet kurz ein Gesicht. Es knallt wieder, lauter noch als zuvor. Dann ein Prasseln wie von Gewehrschüssen. Irgendwo scheppert Glas.

»Heilig's Blechle, das muss ein Wahnsinniger sein!«, ruft Julis Vater entsetzt. »Kommt bloß rein!«

Juli hat den ›Wahnsinnigen‹ erkannt.

»Ein glückliches neues Jahr, Augustus«, flüstert sie, dann schließt sie die Balkontür hinter sich.

• ♥ •